Mit der Welt
auf Buchführung

Lily Prior, geboren in London, studierte Kunstgeschichte
und arbeitete u.a. als Englischlehrerin.
Sie bereist häufig Italien, wo sie die Anregungen
für ihre Romane findet. Ihr erster Roman
La Cucina Siciliana oder Rosas Erwachen
wurde zu einem internationalen Bestseller. Im Juni 2005
ist ihr zweiter Roman *Nektar oder Der Duft der
Italienerin* bei BLT erschienen.

Für Christopher

LILY PRIOR

Sentimenti italiani oder *Träume eines Sommers*

Roman

Aus dem Englischen von
Charlotte Breuer

BLT

BLT
Band 92208

1. Auflage: April 2006

Vollständige Taschenbuchausgabe

BLT in der Verlagsgruppe Lübbe

© 2004 by Lily Prior
Die amerikanische Originalausgabe erschien 2004 unter dem Titel
Ardor bei HarperCollins, New York
© für die deutschsprachige Ausgabe: 2004
by Europa Verlag GmbH, Hamburg
Lizenzausgabe: Verlagsgruppe Lübbe GmbH & Co. KG,
Bergisch Gladbach
Umschlaggestaltung: Gisela Kullowatz unter Verwendung eines
Entwurfs von Kathrin Steigerwald, Hamburg
Autorenfoto: privat
Diese Abbildungen

stammen von Jovis Hoefnagel (ca. 1575–1580),
National Gallery of Art, Washington,
und diese

aus dem Corpus Aldrovandino, ca. 1590,
Universitätsbibliothek Bologna

Satz: Greiner & Reichel, Köln
Druck und Verarbeitung: GGP Media GmbH, Pößneck
Printed in Germany
ISBN-13: 978-3-404-92208-6 (ab 01.01.2007)
ISBN-10: 3-404-92208-5

Sie finden uns im Internet unter
www.luebbe.de

Der Preis dieses Bandes versteht sich einschließlich
der gesetzlichen Mehrwertsteuer.

Leidenschaft

In jenem Sommer lag es über der Region wie eine Wolke, machte die Luft schwer und schimmernd. Schwebender Goldstaub glitzerte in der Sonne, weckte schmerzliche Sehnsucht. Übersättigt und rosenfarben. Ein duftendes Ektoplasma.

»Gardenien«, »Freesien«, »Wicken«, »Apfelblüten«, sagten die Gartenliebhaber, während sie ihre Nasen strapazierten, um dem Duft auf die Schliche zu kommen.

»Frische Sahne«, »geschmolzene Schokolade«, »Brot im Ofen«, »reife Melonen«, »wilde Erdbeeren«, sagten die Gourmands, denen das Wasser im Mund zusammenlief.

»Begierde«, sagten die Moralisten und verschlossen ihre Nasen mit Wäscheklammern.

»Eine heilige Emanation«, flüsterten die Nonnen im Kloster Sant' Antonio Abate und lobten den Herrn mit einer Messe, die der Bischof persönlich feierte.

»Abwasserrohre«, notierte der Inspekteur der städtischen Wasserwerke mit schwungvoller Handschrift auf seinem Klemmbrett.

»Nebel«, raunten die Meteorologen.
»Frische Luft«, sagten die Puristen.
»Der Tod«, sagten die Pessimisten.
»Blödsinn«, sagten die Intellektuellen.
»Die Cholera«, sagten die Ärzte.

Aber es war nichts von alldem. Es war Leidenschaft, und all jene, die sie inhalierten, mich eingeschlossen, wurden von ihr befallen.

Die Personen der Handlung

Fernanda Ponderosa, *Frau*
Oscar, *Affe*
Sole und Luna, *Affenbabys*
Olga, *Schildkröte (hat sieben Kinder:* Evangelista, Carla, Debora, Cressida, Dafne, Manon und Lilla*)*
Raffaello di Porzio, *Telegrammausträger, Bezirk No. 11*
Vasco, *Vorarbeiter des Umzugsunternehmens Grossi*
Signora Vasco, *Vascos Frau*
Glauco Pancio, *Möbelpacker beim Umzugsunternehmen Grossi*
Borelli, *Barkeeper auf der* Santa Luigia
Maria Grazia, *meine Kusine*
Arcadio Carnabuci, *Olivenbauer*
Concetta Crocetta, *Bezirkskrankenschwester*
Ich selbst, Gezabel, *Dienstmaultier des Bezirksgesundheitsamtes*
Fedra Brini, *Spinnennetzknüpferin*
Priscilla Carnabuci, *Arcadios Mutter (verstorben)*
Remo Carnabuci, *Arcadios Vater (verstorben)*

Max, *Arcadios Hund*
Amelberga Fidotti, *Assistentin des Tuchhändlers*
Speranza Patti, *Organistin und Bibliothekarin*
Teresa Marta, *blinde Teppichweberin, und* Berardo,
   ihr tauber Ehemann
Malco Beato, *Chorleiter, stirbt an einer Embolie*
Padre Arcangelo, *Gemeindepriester*
Ambrogio Bufaletti, *Lastwagenfahrer*
Irina Biancardi, *Krankenwagenfahrerin*
Gianluigi Pupini, *Sanitäter*
Maria Calenda, *Käserin und Schweinemagd im Hause
   Castorini*
Silvana Castorini (geborene Ponderosa), *Fernanda
   Ponderosas Zwillingsschwester*
Fidelio Castorini, *Silvanas Ehemann und Fernandas
   Schwager*
Primo Castorini, *Schweinemetzger, Fidelios jüngerer
   Bruder*
Perdita Castorini, *Mutter von Fidelio und Primo*
Pucillos Schweinefleischfabrik, *Erzrivalin des Porco
   Felice*
Die Witwe Filippucci, *eine von Primos Freundinnnen*
Die Räuberbande, *bekannt als die* Nellinos, *und ihr
   Hund* Fausto
Neddo, *Einsiedler*
Sancio, *Maulesel der Familie Castorini*
Belinda Fondi, *bringt einen Engel zur Welt*
Romeo Fondi, *ihr Ehemann*
Serafino Fondi, *der kleine Engel*
Felice, Emilio und Prospero Fondi, *zukünftige Spröß-
   linge von Belinda und Romeo*

Doktor Amilcare Croce, *Arzt*
Die Witwe Maddaloni
Don Dino Maddaloni, *Eigentümer des Bestattungsunternehmens Maddaloni und Mafia-Boß*
Pomilio, Prisco, Pirro, Malco, Ivano und Gaddo Maddaloni, *Don Dinos sechs Söhne*
Selmo und Narno Maddaloni, *Don Dinos Vettern*
Franco Laudato, *Maler und Handwerker*
Luigi Bordino, *Bäcker*
Gloriana Bordino, *seine Frau (verstorben)*
Melchiore Bordino, *Sohn des Bäckers (Konditor)*
Susanna Bordino, *Melchiores Ehefrau*
Der alte Luigi Bordino, *Vater des jungen Luigi*
Manfredi Bordino, *Luigis Großvater*
Gerberto Nicoletto, *Melonenbauer*
Filiberto Carofalo, *Milchbauer*
Sebastiano Monfregola, *Barbier*
Policarpo Pinto, *Rattenfänger*
Luca Carluccio, *Schuster*
Carlotta Bolletta, *Nachtschwester im Krankenhaus*
Signor Alberto Cocozza *vom Gesundheitsamt*
Die Schwestern Gobbi, *berühmt für ihre Gesichtsbehaarung*
Arturo Bassiano, *Losverkäufer*
Carmelo Sorbillo, *unzuverlässiger Postbote*
Giuseppe Mormile, *nächster Nachbar von Amilcare Croce*
Immacolata Mormile, *Giuseppes Ehefrau*

Prolog

Sie muß die Tragödie geahnt haben, denn als der Junge das Telegramm brachte, fand er Fenster und Türen am Haus mit Brettern zugenagelt vor, und Fernanda Ponderosa war schon fort. Raffaello di Porzio spürte, daß das Telegramm schlechte Nachrichten enthielt. So schwer wog die Last des Unglücks, das der Umschlag in seinen Händen enthielt, daß er es nur mühsam wankend die Treppe hinunter schaffte.

Schon herrschte in dem auf der ganzen Insel berühmten Paradiesgarten eine Aura verwahrloster Pracht. Innerhalb der zwei Stunden seit Fernanda Ponderosas überstürzter Abreise war jede einzelne der dreihundert verschiedenen Orchideen verwelkt. Die Kaskaden samtener Rosen waren ebenso verdorrt wie die Wicken, die Gardenien und die zarten Freesien. Die winzigen Pfirsiche waren verschrumpelt, und die Rasenflächen, einst grün und saftig und perfekt wie die Teppiche eines Maharadschas, waren verbrannt. Die ehedem vom Duft nach Orangenblüten, Lavendel und Geißblatt erfüllte Luft stank nach Verfall und Fäulnis. Die Schmetterlinge, die den Garten so zahlreich bevölkert hatten, waren verschwunden, ebenso die Bienen, die stets unermüdlich den Nektar aus den Blüten gesammelt hatten. Auch die Statue der Göttin Aphrodite schien sich in nichts aufgelöst zu haben, auf der kahlen Stelle, wo sie einmal gestanden hatte, tummelten sich Würmer und Läuse, und das Plätschern des Springbrunnens klang nicht länger wie Lachen, sondern wie Weinen.

Raffaello di Porzio erschauderte. Die düstere Stimmung warf einen kalten Schatten über die Gärten, obwohl die Sonne ihren höchsten Stand erreicht hatte. Dennoch faßte er sich ein Herz und machte sich auf die Suche nach Fernanda Ponderosa, schwang sich, von Panik ergriffen und von Pflichtgefühl getrieben, auf sein Fahrrad und raste über das Kopfsteinpflaster die steile Straße hinunter.

Raffaello fand Fernanda Ponderosa nicht, doch schließlich wurde sie bei den *Grandi Traghetti* entdeckt, wo sie wie eine Königin auf dem Kai saß, umgeben von mehr Habseligkeiten, als vernünftig war. Eine schmiedeeiserne Badewanne, die sich seit neun Generationen im Familienbesitz befand, stand da mit demselben Gesichtsausdruck wie Fernanda Ponderosa: furchtsam und entschlossen. Fünf Männer hatten das Trumm unter Anweisung des Vorarbeiters Vasco hierhergeschleppt, ihr salziger Schweiß fiel durch die Ritzen in den Planken und vermischte sich mit dem Meerwasser.

Vergeblich hatte Glauco Pancio sich einen Bruch gehoben, eine weitere Tragödie an jenem tragischen Tag, denn die Badewanne überforderte sie alle. Mit einem Schauder, der fast menschlich wirkte, gefolgt von Krachen und Splittern, als hätte ein Riese eine Axt geschwungen, brach die Wanne durch die morschen Planken. Majestätisch sank sie auf den Grund des Ozeans und landete mit einem dumpfen Aufprall im Sand, woraufhin die Papageifische vor Schreck die Mäuler weit aufrissen und die Napfschnecken sich ängstlich an die Pfeiler des Landestegs klammerten.

Es war ein Wunder, daß Fernanda Ponderosa trocken blieb, und obwohl sie so tat, als hätte sie nichts bemerkt, betrachtete sie das Abtauchen der Badewanne als weiteres böses Omen. Die Möbelpacker verstanden das Zeichen und sahen ein, daß es pietätlos gewesen wäre, über den Vorfall zu reden. Niemand kam auf die Idee, eine Rettungsaktion zu starten. Die Badewanne, die Fernanda Ponderosas illustren Vorfahren dreihundert Jahre lang zur Körperpflege gedient hatte, in der sie sich nach blutigen Schlachten, nach Geburten, nach erhitzten Liebesnächten gereinigt hatten, wurde nun dazu degradiert, den weniger auf peinliche Sauberkeit bedachten Nixen der Marina Grande zu Diensten zu sein.

Besorgt betrachtete Fernanda Ponderosa die ihr verbliebene Habe, als könnte diese ebenfalls im nächsten Augenblick von der schäumenden See verschlungen werden. Sie wähnte sich als vorzeitiges Opfer eines Schiffsunglücks, auch wenn sie praktisch noch an Land war. Der vergoldete Käfig mit Oscar, ihrem traurigen Affen, stand am Rand einer morschen Planke direkt über dem Abgrund. Zwar tat Oscar so, als würde ihn das nicht weiter beunruhigen, doch seine winzigen, verkrampften Zehen drückten eine Panik aus, die Fernanda Ponderosa nicht verborgen blieb. Der Matrosenanzug, in den sie ihn am Morgen extra für die Reise gesteckt hatte, war durchnäßt vom Spritzwasser und seinen heimlich vergossenen Tränen.

Sie rückte den Käfig an einen Platz, der ihr sicherer erschien. Dann nahm sie ein kostbares Spitzentaschentuch aus ihrer Tasche und reichte es dem Affen, der sich damit trockentupfte. Besondere Sorgfalt verwandte er auf die Stellen hinter den Ohren, die leicht von Pilzen befallen wurden, auf die Hautfalten zwischen den Zehen, die sich nun, wo die Gefahr gebannt schien, allmählich entkrampften, und auf seinen zerknitterten Anzug, der seine blütenweiße Pracht eingebüßt hatte. Der Affe wußte zweifellos methodisch vorzugehen.

Die großen Eichentruhen mit dem Leinen und den kostbaren Spitzen versperrten den Zugang zum Wasser. Unter den Anweisungen des lakonischen Vasco, der verspätet erschienen war – er hatte sein junges Leben dem Errichten von Barrikaden verschrieben –, hatten die Möbelpacker Fernanda Ponderosas Habseligkeiten mit der sublimen Nachlässigkeit von Männern abgestellt, die sich darauf spezialisiert haben, Hindernisrennen vorzubereiten. Wie das Durcheinander in einem bösen Traum stapelten sich auf dem Kai ein hölzernes Schaukelpferd mit einer Mähne aus echtem Haar, eine lebensgroße Statue der Göttin Aphrodite, deren Fehlen im Garten Raffaello di Porzio bereits bemerkt hatte, eine Chaiselongue, eine Wendeltreppe, Familienporträts der edlen Ponderosas, ein Glaskasten mit der Schildkröte Olga und deren sieben münzgroßen Kindern, eine Wetterfahne, ein Taufbecken, das aus der Zeit der ersten Kreuzzüge stammte, mehrere Hutschachteln, ein Konzertflügel, der präparierte Kopf eines Einhorns, ein ausgestopftes Zwergflußpferd in einem Schaukasten, eine Harfe, die von zwei aus Holz geschnitzten Engeln gestützt wurde, ein schweres Kinderbettchen aus Eichenholz, eine Standuhr, einige Blecheimer, ein aus einem Elefantenfuß gefertigter Schirmständer, ein Satz kupferne Kasserollen, ein Federbett, ein amerikanischer Kühlschrank, vollgestopft mit Reiseproviant, Tennisschläger, ein Kronleuchter, eine Bananenstaude und schließlich ein Koffer mit Goldbarren und kostbarem Schmuck.

Diese Auswahl umfaßte bei weitem nicht das gesamte Inventar des Hauses, ja, nicht einmal den wertvollsten Besitz der Familie, aber als Fernanda Ponderosa am Morgen mit der Vorahnung der Katastrophe aus dem Schlaf geschreckt war, hatte sie nur die Dinge mitgenommen, die sie im Falle eines Feuers gerettet hätte. Wenn sie umzog, und das tat sie häufig, dann pflegte sie alles in der Reihenfolge einzupacken, wie es ihr in die Finger fiel, was ihr für den Fall, daß es einmal um Leben und Tod gehen sollte, die Qual der Wahl ersparte.

Der Umzug war zwar noch nicht beendet, doch Glauco Pancio mußte dringend ins Krankenhaus gebracht werden. Er lag auf einer Trage und hielt sich stöhnend den Bauch. Fernanda Ponderosa verscheuchte die Möbelpacker wie lästige Fliegen (sie hatten sich so aneinander gewöhnt, daß sie nur noch gemeinsam handeln konnten, und wenn einer fortging, liefen die anderen hinter ihm her) und blieb allein mit ihren zahlreichen Habseligkeiten zurück, die, seit sie aus dem Haus getragen worden waren und nun auf dem Kai in der Sonne standen, den Blicken der Öffentlichkeit gnadenlos preisgegeben, einen anderen Charakter angenommen zu haben schienen.

Die Pauschaltouristen, die kaum mehr als einen Koffer pro Kopf und eine Handvoll geschmackloser Souvenirs mit sich trugen, warfen ihr feindselige Blicke zu, weil sie mit ihrem Gepäck so viel Platz in Anspruch nahm; leise gemurmelte Verwünschungen drangen an ihr Ohr und trieben ihr die Zornesröte ins Gesicht. Ein junger Mann in Uniform erschien mit einem Klemmbrett und verkündete in amtlichem Tonfall, Fernanda Ponderosa müsse damit rechnen, daß sie von der Firma *Grandi Traghetti* wegen der Beschädigung des Piers auf Schadensersatz verklagt werden würde. Aber es sollte noch schlimmer kommen.

Auf dem Weg zum Krankenhaus übersah Vasco, ein äußerst dilettantischer Lastwagenfahrer, Raffaello di Porzio, der gerade mit dem Fahrrad aus der Via della Fortuna kam, immer noch mit dem Telegramm in der Hand auf der Suche nach Fernanda Ponderosa. Viele waren sich darüber einig, es sei ein Segen gewesen, daß Raffaello di Porzio auf der Stelle tot war. Vasco hatte weniger Glück. Nachdem er im hohen Bogen durch die Luft geflogen war, landete er kopfüber auf dem Dach des militärischen Hauptquartiers und wurde von einem übereifrigen Wachsoldaten, der ihn für einen Terroristen hielt, mit Kugeln durchsiebt.

Zwar wurden Vascos perforierter Schädel und sein durchlöcherter Körper von den besten Chirurgen der Insel zusammengeflickt, aber sein Gehirn blieb für immer geschädigt. Signora Vasco stellte sich vor, daß sein Verstand sich immer noch auf einer Flugbahn befand, und während die lebende Leiche ihres Ehegatten reglos in einer Hängematte ruhte, tröstete sie sich mit dem Gedanken, daß sein Geist die Erde umkreiste.

Auch das Telegramm tauchte nie wieder auf. Man fand es jedenfalls nicht in der Hand von Raffaello di Porzio. Als man die erstarrten Fäuste der Leiche gewaltsam öffnete, enthielten sie nichts als gefrorene Tränen, die Raffaellos Mutter sogleich einsammelte und bis ans Ende ihrer Tage in einem Glas im Tiefkühlschrank aufbewahrte. Was auch immer mit dem Telegramm geschehen sein mochte, es blieb spurlos verschwunden, und folglich begab sich Fernanda Ponderosa allein aufgrund ihrer Intuition auf die Reise. Einer Intuition, der sie, das muß einmal gesagt werden, keinen Augenblick lang mißtraute und die ihren gesamten Lebensrhythmus bestimmte.

In der Kakophonie aus Hupen und Polizeisirenen, die den schlimmsten Verkehrsunfall in der Geschichte der Stadt begleitete, nutzten ein paar Diebe die Gelegenheit und stahlen einige von Fernanda Ponderosas auf dem Kai gestapelten Habseligkeiten. Erst viel später, als die *Santa Luigia* endlich angelegt hatte und die Gepäckträger begannen, das Schiff zu beladen, entdeckte Fernanda den Diebstahl, doch da war es zu spät, um noch etwas zu unternehmen. Nachdem sie sich vergewissert hatte, daß Oscar und Olga und deren sieben Kinder in Sicherheit waren, nahm sie den Raub ihres Eigentums mit einer Gelassenheit hin, die sie aus ihrem tiefsten Inneren zutage förderte. Letztlich, so sagte sie sich, war dies nur ein kleines Mißgeschick im Vergleich zu dem, was sie am Ende ihrer Reise erwartete. Die Porträts hatten ihr sowieso nie gefallen, die Wendeltreppe wäre ihr nur von geringem Nutzen gewesen, und die Leidenschaft ihrer Ahnen für die Großwildjagd war ihr schon immer zuwider gewesen. Sie überwachte das Verladen ihrer restlichen Habe, dann nahm sie ihren Platz am Bug ein.

Als die Fähre endlich ablegte, warf Fernanda Ponderosa nicht einen einzigen Blick zurück auf die paradiesische Insel, die sie für immer verließ. Sie hatte es sich zum Prinzip gemacht, niemals zurückzuschauen. Statt dessen sah sie auf das Meer hinaus, beobachtete die Delphine, die zu Hunderten ihre akrobatischen Kunststücke vollführten und in den glitzernden Wellen tanzten, und den riesigen Oktopus, den ein Schuljunge mit einer Angel gerade mühsam an Deck hievte.

An Land wurde ihre Abreise von vielen mit Erleichterung zur Kenntnis genommen. Die Ereignisse des Vormittags hatten ihren Ruf als Hexe bestätigt, und die Familien Vasco und di Porzio fühlten sich trotz ihrer Trauer veranlaßt, ihren Freunden zur Feier des Tages Wein und Mandelkuchen zu kredenzen.

Während der zwei Tage und Nächte der Überfahrt weigerte sich Fernanda Ponderosa, sich auszuruhen und ihren Aussichtspunkt am Bug des Schiffs zu verlassen. Sie stand da wie eine Galionsfigur, eingehüllt in ein Seemannscape, das sich im Wind aufblähte. Den anderen Passagieren, hauptsächlich Geschäftsreisende mit Koffern voller Gummihandschuhe, Haarteile oder Prothesen, kam sie vor wie eine düstere Erscheinung.

War sie ein Geist? fragten sie Borelli, den Barsteward. Der witterte ein gutes Geschäft und verbreitete die gruseligsten Lügenmärchen über Fernanda Ponderosa, worauf die eingeschüchterten Passagiere sich mit in Flaschen abgefülltem Mut eindeckten, bevor sie sich in ihre Kabinen zurückzogen. Doch Fernanda Ponderosa ließ sich nichts Schlimmeres zuschulden kommen, als daß sie sich wünschte, das Schiff möge schneller fahren, und zugleich vergeblich versuchte, die Ursache für ihren Kummer zu ergründen.

Schließlich erreichte die *Santa Luigia* den Hafen, und Fernanda Ponderosa, der Affe und die Schildkrötenfamilie nebst den verbliebenen Habseligkeiten wurden unsanft auf dem Pier abgesetzt, diesmal auf dem Festland, weit weg von zu Hause. Sie bildeten ein mitleiderregendes Häuflein, vor allem, als die Schleusen des Himmels sich auftaten und sie nach kürzester Zeit wie malerische Brunnenfiguren in einer riesigen Pfütze standen. Den Schildkröten machte die Nässe nichts aus, aber der Affe fand sie ganz und gar unerträglich, und er war gezwungen, sich erneut mit dem Spitzentaschentüchlein abzutupfen, das gerade erst getrocknet war.

Ich kann darüber berichten, weil meine Kusine Maria Grazia zufällig ebenfalls auf der *Santa Luigia* reiste und alles, was geschah, mit *eigenen Augen* verfolgte.

Teil eins

Die Aussaat

Der Mann, der das ganze Durcheinander zu verantworten hatte, war unser guter Arcadio Carnabuci, der Olivenbauer. Demoralisiert von der Ablehnung, die ihm sämtliche Frauen der Region entgegenbrachten, und erschöpft von der kräftezehrenden Einsamkeit, geriet er in Verzweiflung. Genau in dem Augenblick, als das geschah, klopfte es an der Tür, und er ließ sich von der Zungenfertigkeit eines fahrenden Händlers verführen. Sekunden später hatte er für teures Geld eine Handvoll Samen gekauft, die ihm, wie ihm der Zigeuner garantiert hatte, Liebe bescheren würde.

Mit einem schadenfrohen Grinsen strich der Händler seinen Gewinn ein und machte sich davon, ehe der Olivenbauer es sich anders überlegen konnte. Aber er hätte sich keine Sorgen zu machen brauchen. Entzückt von seinem Kauf, konnte Arcadio Carnabuci es kaum erwarten, sein Leben zu ändern. Niemand hätte ahnen können, was sich alles zutragen sollte, aber ich werde es auf diesen Seiten getreulich berichten, denn ich war selbst tief in die Ereignisse verwickelt.

Sentimenti italiani

Dem unwiderstehlichen Drang der Natur folgend, streute Arcadio Carnabuci die Saat seiner Liebe im Frühling aus, als die flüchtigen Februartage dem März wichen und die Erde zum Leben erwachte. Nebel umgab die Hügel wie Tüll, und auf den Ebenen waren winzige, zum Schutz gegen die Kälte dick eingemummelte Gestalten zu sehen, die dort, wo der Schnee geschmolzen war, neues Korn säten.

Arcadio Carnabuci verbrachte die hellen Stunden des Tages auf den Sprossen seiner Leiter und beschnitt die Olivenbäume, die sich seit tausend Jahren in der Obhut seiner Familie befanden. Aber mit seinen Gedanken war er nicht bei den Oliven. Er dachte nur an die Liebe.

In der kalten Luft, in der sein Atem weiße Wölkchen bildete, spürte er die allgemeine Erregung, wie die Spannung in den Zweigen, die unter seinem Messer brachen. Über Nacht brachten die Mandelbäume ihre Blütenpracht hervor. Die Kirschbäume ließen sich nicht lumpen und taten es ihnen gleich, ebenso die Dattelpflaumenbäume, die Kastanien und die Granatapfelbäume. Den klebrigen Knospen der Weiden entsprossen flauschige Kätzchen, und die Felder explodierten zu einem Frühlingsblumenmeer: Maiglöckchen, Zwergnarzissen, Glockenblumen, Krokusse und Iris bildeten einen farbenfrohen Teppich. Wilder Spargel und süß duftende Kräuter parfümierten die neugeborene Luft auf den Bergen, Rhododendronsträucher erblühten.

Arcadio Carnabuci spürte die Energie der Erde durch seine Schuhsohlen. Die überschäumende Kraft kroch ihm in die Beine und ließ ihn gegen seinen Willen tanzen.

»Schau, ich tanze!« rief er aus, um so erstaunter über

sich selbst, weil er in seinem ganzen Leben noch nie getanzt hatte. Da mußte er lachen.

»Ich tanze.«

Und das tat er. Zuerst langsam, doch dann wurde er selbstbewußter und gab sich dem Tanzrhythmus hin. Seine Arme machten mit, und seine Füße, sonst wie Blei, wurden schwerelos. Sie sprangen auf der harten Erde und flogen in die Luft. Arcadio Carnabuci wiegte sich wie eine Schwalbe im Wind. Er ließ die Hüften kreisen. Er warf seinen Hut in die Luft.

Alle, die ihn sahen, schlugen ihre Krägen hoch und betrachteten ihre Fäustlinge, um ihre Verlegenheit zu verbergen. Arcadio Carnabuci, der schon immer ein seltsamer Vogel gewesen war, wurde noch merkwürdiger.

An jenem Tag erhielt meine Kollegin Concetta Crocetta, die Bezirkskrankenschwester, sieben Anrufe von Leuten, die verlangten, daß man Arcadio Carnabuci zum Wohle der Gemeinde im *Manicomio* einsperrte. Doch als wir am Olivenhain vorbeitrotteten, um uns ein Bild davon zu machen, was Arcadio Carnabuci für Kapriolen schlug, sahen wir, daß es nichts weiter war als ein vom nahenden Frühling ausgelöster Übermut. Nachsichtig lächelnd trieb Concetta Crocetta mich mit einem sanften Knuff ihrer kleinen Fersen an – damals behandelte sie meine zarten Flanken niemals grob –, und wir machten uns auf den Heimweg.

Nicht nur Arcadio Carnabuci und die Pflanzen waren von Unruhe erfaßt worden. Nein, auch die Tiere spürten sie. Die Spinnen in ihren glitzernden Netzen sehnten sich nach Liebe und webten Sonette von unerträglicher Zartheit und Schönheit, geschmückt mit den Tränen des

Morgentaus. Die Skorpione in ihren dunklen Nischen ließen ihre Kastagnetten zum Balztanz erklingen und zogen sich dann in trauter Zweisamkeit in alte Schuhe zurück. Die Mäuse huschten durchs Gebälk, sammelten Wollfetzen, Papierschnipsel und Flusenknäuel und bauten sich daraus gemütliche Nester, um sogleich blinde, erbsengroße Junge zur Welt zu bringen. Die bescheidenen Molche im Wasserspeier erhoben ihre tiefen Stimmen zum Gesang. Die Frösche und die Kröten fielen ein, und schon bald war die Luft erfüllt von ihrem krächzenden Chor. So schön war die Musik, daß die, die sie hörten, zu Tränen gerührt wurden und sich wünschten, sie wären Amphibien und könnten das Geheimnis des Lieds begreifen. Die knopfäugigen Amseln bauten ihre Nester unter den wachsamen Augen der Kuckucke, die für alle, die es noch nicht mitbekommen hatten, die Neuigkeit lauthals verkündeten: Der Frühling ist da. Tief im Eichenwald grunzte der Keiler seine Serenade, während seine zahmen Vettern im Stall mit den Sauen schmusten. Hirsche sprangen munter umher, Hasen jagten einander über die Felder. Hoch oben in den Bergen heulte der Wolf, und die scheuen Braunbären umarmten einander in ihren Höhlen.

Arcadio Carnabuci erlag der rosigen Glut, die sich über das Land legte, und in seinen Lenden regte sich grausam eine freudige Erwartung, die er in seiner Einsamkeit nicht erfüllen konnte. Aber er vertraute auf die wundersame Kraft seiner Liebessamen und darauf, daß ihre Wirkung in diesem fruchtbaren Klima nicht lange auf sich warten lassen würde.

Also entschloß er sich, sie auszusäen. Er wählte den

Augenblick sorgfältig aus. Im noch schwachen, aber willigen Sonnenlicht. Unter Glas, um sie warm zu halten. Sie erinnerten eher an Bohnen als an Samen. Hübsch rund und blaßrosafarben, kleine Halbmonde. Er fühlte ein Kribbeln in den Bohnen; gleich springenden Bohnen enthielten sie dieselbe Energie wie alles andere um ihn herum. Er hielt sie eine Weile in der Hand, machte sich mit ihnen vertraut, beäugte sie durch seine Halbbrille, durch deren Gläser seine Augen riesengroß wirkten und die jede Pore tausendmal vergrößerten. Selbst die Bohnen spürten die Kraft seiner Hoffnung, und die tapferen kleinen Geschöpfe waren fest entschlossen, ihn nicht zu enttäuschen.

Er steckte sie in die Erde, als würde er seine Geliebte zu Bett bringen. Sie waren befrachtet mit dem Gewicht von Arcadios Hoffnungen und Träumen, perfekte Tröpfchen, wundervolle Schnörkel, winzige Gefäße seiner Sehnsucht und Verzückung. Seine langsamen Bewegungen waren wie eine Symphonie. In seinen Händen, den fleischigen Händen eines Bauern, wußten die Bohnen, daß sie in Sicherheit waren. Seine Fingerkuppen, breit, aber zärtlich, drückten sie hinunter, und in der plötzlichen Dunkelheit und der torfigen Wärme schliefen sie ein.

Dann, wie die Amseln in den Hecken, wie die Mäuse unter den Dächern, begann Arcadio Carnabuci, sein Nest auszupolstern. Seine Junggesellenwohnung hatte wenig Gemütliches. Die Flecken an den Wänden sprangen ihm in die Augen. Die von der Sonne ausgebleichten Vorhänge waren ihm peinlich. Er machte sich an den Hausputz. Mit einem Besen, der selbst längst eingestaubt war, fegte er ganze Berge von Staub zusammen. Er erschreckte die Mäuse, als er in vergessenen Ecken stöberte, die ihm längst nicht mehr gehörten.

Nach vielen Jahren gab er endlich nach und gestattete Fedra Brini, sein Haus zu betreten und die Spinnweben einzusammeln, die sie brauchte, um ihre Segel zu stricken. Sie war die einzige Segelmacherin in dieser im Inland gelegenen Gegend, und ihre Segel wurden an die Adriaküste geliefert, wo sie wegen ihrer feinen Verarbeitung und Haltbarkeit unter den Fischern hoch begehrt waren. Regelmäßig befreite sie sämtliche Häuser der Region von Spinnennetzen, und die bei Arcadio Carnabuci, die so lange seinen Schutz genossen hatten, waren phantastisch, wie aus einem Märchen.

Fedra Brini war außer sich vor Freude – die Spinnen weniger. Das Erbe von Generationen war nach wenigen geschickten Attacken mit dem Sammelhaken zerstört. Familiengeschichte, Legenden, in verschnörkelten Buchstaben festgehaltene Familienstammbäume, große literarische Werke, Liebesromane, Gedichte, Krimis, sogar Kochrezepte und Kreuzworträtsel gingen für immer verloren, und um das Maß voll zu machen, büßte eine junge Spinne bei Fedras Angriff ein Beinchen ein, was Arcadio Carnabuci nie verziehen wurde. Alles wurde zusammengefegt und auf dem Rücken der Zerstörerin in einem kleinen Leinensack davongetragen. Es war ein schrecklicher Tag.

Fedra Brini, wie ein vor Entzücken überschäumender Krug, konnte ihr Glück nicht für sich behalten. Was für prächtige Netze, sagte sie zu den Leuten. Seit Priscilla Carnabuci, Arcadios Mutter, das Zeitliche gesegnet hatte, waren sie nicht mehr berührt worden. Aber warum hatte Arcadio Carnabuci, der Fedras Bitten so lange widerstanden hatte, schließlich nachgegeben? Niemand konnte es sich erklären. Doch der Olivenbauer führte zweifellos irgendetwas im Schilde, und Fedra, die sich in den warmen Strahlen der nachbarlichen Aufmerksamkeit aalte, tat ihr Bestes, um das Feuer der Neugier anzufachen.

Wie um den Flammen noch weitere Nahrung zu geben, tauchte der nämliche Olivenbauer eines Morgens beim Tuchhändler in der Via Colombo auf und verlangte nach Bettlaken. Was in aller Welt konnte Arcadio Carnabuci mit neuen Laken vorhaben? Die Brauen von Amelberga Fidotti, der griesgrämigen Verkäuferin, verzogen sich augenblicklich zu Fragezeichen. Schon bald ging die Nachricht wie ein Lauffeuer durch die Stadt. Das war doch nicht möglich. Und gegen den Anstand. Schließlich war Arcadio ein Junggeselle, noch dazu einer mit langen Zähnen.

Als er zu Hause ankam, zog er die Laken probehalber aufs Bett. Nur um die Wirkung zu begutachten. Natürlich nicht, um sie zu benutzen. Sie waren beinahe zu kostbar. Und zwar auf erschreckende Weise. Glatt und blütenweiß wie frischgefallener Schnee. Das verunsicherte ihn. Es sollte nicht so aussehen, als hätte er es übertrieben. Eigentlich sollte es überhaupt nicht so aussehen, als hätte er sich Mühe gegeben. Wenn nun der Eindruck entstand, er sei berechnend? Oder allzu selbstsicher? Oder als hätte er alles geplant, anstatt den Ereignissen ihren Lauf zu lassen? Aber seine abgenutzten und vergilbten Laken waren zweifellos eine Schande.

Sorgsam faltete er die neuen wieder zusammen, hielt sich akribisch an die ursprünglichen Kniffe, als handelte es sich um kostbare alte Landkarten, und schob sie zurück in die Plastikverpackungen, die ihm ebenfalls wie Kleinode vorkamen. Dann schloß er die Laken in einer Schublade weg. Nur für *sie* würde er sie wieder hervorholen. Bei dem Gedanken errötete er wie ein Jugendlicher.

Arcadio Carnabuci zweifelte nicht eine Sekunde daran, daß seine große Liebe bald kommen würde. Das war für ihn ebenso sicher wie die Gewißheit, daß seine Bäume immer wieder Oliven tragen würden. Er konnte die Erde um die Bäume herum auflockern, um den Wurzeln Luft zu geben, er konnte sie mit Mist düngen, ihre Äste beschneiden, sich dabei an die vorgeschriebenen Tage halten, die von seinen Ahnen im großen Carnabuci-Almanach festgelegt worden waren, aber egal, was er tat, er wußte, daß es Oliven geben würde. Auch wenn er selbst längst zu Dünger geworden war, würde es immer noch Oliven geben. Und mit derselben Sicherheit wußte er, daß *sie* kommen würde.

Hundertmal täglich sah Arcadio Carnabuci nach seinen Samen. Er schaute so häufig nach, daß er die Erde in dem Pflanzkasten beinahe mit seinen Blicken abnutzte. Wie er sich danach sehnte, endlich ein winziges Fitzelchen Grün zu entdecken, das die Oberfläche durchbrach! Jeden Morgen, noch bevor er seine Blase leerte, eilte er, hastig die Bügel seiner Brille hinter seine Ohren biegend, ans Fensterbrett, um die Erde zu begutachten, als suchte er nach Gold.

Endlich, an einem wunderschönen Palmsonntag, einem Tag, der ihm für immer im Gedächtnis haften bleiben sollte, erwarteten ihn drei kleine Keimlinge, standen stramm wie stolze Schulkinder, die in einem Orthographietest jede Frage richtig beantwortet haben. Wie sein Herz hüpfte bei ihrem Anblick! Er betrachtete sie so genau, daß er bald jede noch so kleine Eigenheit der einzelnen Pflänzchen kannte. Seine Gebete waren erhört worden. Daß es ausgerechnet am Palmsonntag passiert war, mußte ein Zeichen dafür sein, daß der Herr ihm beistand.

Später an jenem Tag, als er seinen gewohnten Platz in der mit Palmzweigen geschmückten Kirche einnahm, hielt er sich mit Dankgebeten für das kleine Wunder nicht zurück. Als Agnostikerin – die ich heute noch bin – ging ich natürlich nie in die Kirche, aber ich erinnere mich noch gut daran, wie ich an jenem Morgen an der Kirche vorbeikam und alles hörte. Ja, sein sonorer Bariton erklang voller Leidenschaft, erhob sich so kraftvoll im Mittelschiff, daß die Wände vibrierten. Er übertönte sogar die Orgel, und so sehr sich die strenge Organistin Speranza Patti auch ins Zeug legte, Arcadio ließ sich nicht überbieten.

Die Chorsänger taten es Speranza Patti nach und bliesen ihre Lungen und Backen auf, bis sie aussahen wie die lüsternen Cherubim auf den Fresken über ihren Köpfen. Sie sangen aus voller Kehle, und ihre Stimmen vereinigten sich zu einem mächtigen Lobgesang. Teresa Marta, die blinde Teppichweberin, tirilierte mit solcher Inbrunst, daß der Herrgott, wenn es einen gäbe, ihr das Augenlicht hätte zurückgeben müssen. Fedra Brini gab alles, was sie hatte: Sie verausgabte sich dermaßen, daß

Sentimenti italiani   35

sie zu hyperventilieren begann und man sie ins Freie führen und in eine Papiertüte atmen lassen mußte – sie hatte immerhin eine emotional aufreibende Woche hinter sich. Malco Beato schmetterte den Refrain mit einem Pathos, als ginge es um sein Leben, was es in gewissem Sinne auch tat. Viele waren davon überzeugt, daß diese gewaltige Anstrengung die Embolie verursachte, die er am Nachmittag desselben Tages erlitt, ein Ereignis, in dessen Folge der Salon im Haus Beato aussah wie ein Kriegsschauplatz. Der große Schlußakkord, der die kleine Kirche erschütterte und gut und gerne ein Erdbeben hätte auslösen können, trieb die Chormitglieder aufs neue zur Höchstleistung an, bis ihnen das Blut in den Kopf stieg und ihnen schwindlig wurde, doch Arcadio Carnabuci geriet nicht einmal ins Schwitzen, und seine Stimme hob sich immer noch aus denen der fünfzig geübten Chorsänger heraus.

Padre Arcangelo war hingerissen von Arcadio Carnabucis Eifer angesichts der heiligen Mysterien, aber die anderen Gläubigen warfen einander vielsagende Blicke zu, um anzudeuten, daß der Olivenbauer mal wieder völlig übergeschnappt sei. Die Unglücklichen, die neben ihm in derselben Kirchenbank saßen, rückten von ihm ab, um ihr Trommelfell zu schonen, doch es kam, wie es kommen mußte: Am nächsten Tag erschienen mehrere Patienten mit Tinnitus bei Concetta Crocetta, und sie alle machten Arcadio Carnabucis Gesang für ihr Mißgeschick verantwortlich.

Im Laufe der darauffolgenden Tage streckten sich die kostbaren Setzlinge, hoben ihre Köpfchen aus dem Boden und reckten ihre Hälse den Sonnenstrahlen entgegen, die ungestüm durch das Fenster drangen. Die Arbeit im Olivenhain blieb liegen, wenn Arcadio Carnabuci seinen Pflänzchen beim Wachsen zusah, sie mit zärtlichen Worten besprach und mit Poesie und Liebesschwüren ermunterte.

Arcadio Carnabucis verstorbener Vater Remo bemerkte, wie sein Sohn den Hain vernachlässigte, und erschien ihm im Traum, um ihn zur Arbeit zu ermahnen, denn die Olivenbäume waren wichtiger als die Menschen, die sie pflegten. Auch Priscilla, Arcadios Mutter, beeilte sich, in dem Traum aufzutauchen. Sie wies ihren Mann darauf hin, daß es, falls Arcadio noch lange Junggeselle bliebe, bald keine Carnabucis mehr geben würde, die den Olivenhain pflegen konnten. Während seine Eltern sich über seinen Kopf hinweg stritten, sehnte sich Arcadio nach den Tagen seiner Kindheit zurück, als sie noch eine glückliche Familie gewesen waren.

Sentimenti italiani

Als sie anfingen, sich mit Töpfen zu bewerfen und einander aufs heftigste zu beschimpfen, beschloß Arcadio, die beiden sich selbst zu überlassen. Er zog sich die Decke über den Kopf und flüchtete sich in einen Traum, in dem er seiner Geliebten ein Ständchen brachte. Sie stand im Zwielicht auf einem Balkon, er in einem verzauberten Garten, umhüllt von samtener Dunkelheit. So schön hatte er *E lucevan le stelle* noch nie in seinem Leben vorgetragen, und begleitet wurde sein Gesang von einem Froschorchester und einem Chor der scheuen Geschöpfe der Nacht.

Am folgenden Morgen staunte Arcadio Carnabuci nicht schlecht, als er seine Küche in einem Zustand des Chaos vorfand: der Boden voller Scherben, die Wände mit Eigelb beschmiert, Einmachgläser waren zerschlagen, Stühle umgeworfen worden. Es sah sogar so aus, als hätte eine Mehlschlacht stattgefunden.

Sein Hauptaugenmerk galt seinen Setzlingen, und seine Erleichterung war groß, als er feststellte, daß sie keinen Schaden genommen hatten. Sie waren höchstens noch saftiger grün als am Abend zuvor.

Im Verlauf der Karwoche sprossen die Pflänzchen so eifrig, daß es schier unglaublich schien. Man konnte ihnen regelrecht beim Wachsen zusehen. Wenn Arcadio sich einmal kurz abwandte, war gleich darauf schon wieder eine Veränderung zu erkennen. Wenn er kurz in die Stadt ging, um etwas zu erledigen, hatten die Stiele weitere zwei Zentimeter zugelegt, oder ein neues Blättchen war dabei, sein zartes Grün zu entfalten.

Arcadio hätte platzen können vor Aufregung. Er war eine wandelnde Zeitbombe, die darauf wartete, in die

Luft zu gehen. Er konnte sich auf nichts konzentrieren. Ständig stand ihm der Schweiß auf der Stirn. Unentwegt machte er irgendwelche Dummheiten, verlegte Dinge, die er dann nicht mehr wiederfinden konnte. Stundenlang suchte er nach seinen Socken, um sie schließlich im Kühlschrank zu finden; die Milch in dem Krug, den er in seine Jackentasche gesteckt hatte, war zu Joghurt geronnen. Seine Geschmacksknospen waren völlig verwirrt. Er aß ein Stück Käse, nur um später festzustellen, daß es Butter gewesen war. Die Leber, die er sich zum Abendessen briet, entpuppte sich als ein alter Pantoffel.

Gleichzeitig fing das Theater mit den Träumen an. Arcadio Carnabuci begann Fernanda im Traum zu begegnen. Während er von etwas ganz anderem träumte, sah er plötzlich ein liebliches, kleines Ohr. Oder eine perfekte Nase. Genau die Nase, die er sich an seiner Geliebten wünschte. Klein, schmal, gerade. Sommersprossen. Hauchfeine Sommersprossen, gleichmäßig auf ihrer hellen Haut verteilt. Die Augen grün, und zwar dunkelgrün, nicht blaß, und leuchtend wie ein See im Sonnenlicht. Vor allem ihr Haar irritierte ihn in seinen Träumen, und selbst wenn er wußte, daß er wach war, sah er es. Es war zu einem Zopf geflochten und hatte die Farbe eines Weizenfeldes bei Sonnenuntergang. Es wirkte so nah, so echt, daß er meinte, es berühren zu können. Er wußte, wie es sich anfühlte. Weich wie ein von der Sonne erwärmtes Knäuel Seidengarn. Manchmal ergoß es sich über sein Kopfkissen wie flüssiges Gold. Er konnte es riechen, und es duftete wie eine Wiese im Sommer, wenn das Gras und die Wildblumen in Blüte stehen und der Wind darüber weht. Aber wenn er danach griff, war es verschwunden.

Je mehr die Pflänzchen wuchsen und gediehen, um so deutlicher wurde Fernandas Bild vor Arcadio Carnabucis Augen. Von Anfang an wußte er ihren Namen. Das wunderte ihn nicht. Es war, als hätte er ihn schon immer gekannt: Fernanda. Der Name sprach zu ihm aus einer fernen Vergangenheit, aus einer lange zurückliegenden und weit entfernten Zeit, die sie gemeinsam erlebt hatten. Das bestärkte nur sein Gefühl der Unabwendbarkeit. Daß sie endlich zusammenkommen würden, war ihnen vom Schicksal bestimmt.

Er gewöhnte sich an, ihren Namen wie ein Mantra vor sich hin zu murmeln: Fernanda, Fernanda. Manchmal, wenn er zuviel Wein getrunken hatte und sich ein bißchen beschwipst fühlte, oder auch, wenn er gar nichts getrunken hatte und sich einfach glücklich und überschwenglich fühlte, verband er ihren Namen mit dem seinen. »Fernanda Carnabuci«. »Signora Fernanda Carnabuci«. Wie schön das klang. Und wie gut das paßte. So selbstverständlich. Er wollte sein Schicksal nicht herausfordern, indem er mit jemandem darüber sprach, aber er bewahrte seine Gedanken in seinem Herzen wie einen Talisman.

Ihr Körper war ihm vertraut. Er kannte die Wölbung ihrer Schenkel so gut, daß er sie mit einem einzigen Bleistiftstrich zeichnen konnte. Er betete die blaßblauen Venen an der Innenseite ihrer Arme an, und wenn er mit der Fingerspitze zärtlich diese empfindliche Stelle streichelte, wand sie sich vor Lust und schnurrte wie eine Katze. Ihre Haut fühlte sich immer kalt an, kalt und glatt wie Marmor. Wo ihre Wangen mit ihrem Haaransatz verschmolzen, war ihre Haut mit feinen Härchen übersät, so winzig, daß man sie kaum Härchen nennen konnte, so flaumig wie der Pelz auf einem reifen Pfirsich, und bei ihrem Anblick war ihm, als müsse er weinen vor Glück. Ihre langen, schmalen Füße – er liebte jedes Knöchelchen, aus denen sie zusammengesetzt waren. Er liebte die Stellen an ihr, die ihr selbst weniger vertraut waren: ihren Rücken, die beiden Grübchen am unteren Ende ihres Rückgrats, die Sommersprossen auf ihren Schultern, die graziöse Wirbelsäule, die sich anmutig abzeichnete, wenn sie sich bückte. Es bezauberte ihn, daß ihr Rücken, weil er weniger häufig betrachtet wurde, jünger wirkte als ihre Vorderseite. Ihre fleischigen Brüste verblüfften ihn jedesmal, wenn er an sie dachte, wobei er regelmäßig von Gewissensbissen geplagt wurde, weil er wußte, daß er sie eigentlich nicht betrachten durfte. Sie war einfach die Perfektion in Person.

Nach einer ekstatisch durchträumten Nacht waren seine Beine mit den ihren verschlungen, dem Federbett entströmte bei jeder Bewegung der warme, salzige Geruch verschwitzter Körper, das Bett war umgeben von kalter Luft, er hatte ihre Haare im Gesicht, ein paar Strähnen im Mund, und sein Arm diente als Kissen für ihren Hals. Ihr fast unhörbarer Atem schien das einzige Geräusch auf der Welt zu sein, und er hielt ängstlich den Atem an, um sie nicht zu wecken. Ihre Lippen, im Schlaf leicht geöffnet, schlugen eine Saite an, die direkt mit seinen Lenden verbunden war und sie vor Wonne vibrieren ließ.

Am Ostersonntagmorgen, dem Morgen nach seinem Traum, wurde Arcadio Carnabuci, während er sich widerwillig von den sinnlichen Wonnen der Nacht löste, von der Wirklichkeit eingeholt, als er voller Bestürzung einige winzige Früchte entdeckte, die unter den Blättern seiner Pflänzchen an zarten Ranken baumelten. Es war unglaublich. Am Abend zuvor war noch keine Spur von ihnen zu entdecken gewesen. Aber da waren sie. Drei Stück. Drillinge.

Dergleichen Früchte hatte er noch nie gesehen. Sie waren geformt wie Auberginen, nur kleiner, viel kleiner, und süß mit cremefarbenem Fleisch, das unregelmäßige, aber liebreizende braune Flecken aufwies wie eine braun-weiß gescheckte Kuh. Und buchstäblich während er sie betrachtete, schwollen die Früchte an. Ihre Bäuchlein wurden dick und prall. Er konnte nicht widerstehen, sie mit der Fingerspitze zu berühren, ganz vorsichtig, so zart wie eine Brise, die einen Grashalm streichelt. Er hätte schwören können, daß ein Kichern aus den Früchtchen kam, als er sie kitzelte.

Ungeduldig wartete er darauf, daß die Stadtbücherei nach der Karwoche wieder öffnete, denn er wollte soviel wie möglich über die Liebessamen in Erfahrung bringen (der Händler hatte, was die Pflege anging, nur vage Andeutungen gemacht, während er seine Samen wortreich pries, und geschworen, daß Arcadio Carnabuci nicht enttäuscht werden würde). Am Morgen der Wiedereröffnung lungerte er bereits auf den Stufen vor dem Eingang herum, als Speranza Patti, die Organistin und Bibliothekarin, zur Arbeit erschien. In der Hoffnung, er würde sich trollen, ignorierte sie ihn, doch Arcadio Carnabuci war ein hartnäckiger Mann. Obwohl sie versuchte, ihm die schwere Tür vor der Nase zuzuschlagen, folgte er ihr ins Haus und verbrachte mehrere Stunden damit, die Regale in der Abteilung für Landwirtschaft und Gartenbau zu durchstöbern.

Währenddessen bemühte sich die verunsicherte Speranza Patti, ihren Pflichten nachzugehen, hielt jedoch vorsichtshalber einen Finger in der Nähe des Alarmknopfs. Was in aller Welt konnte Arcadio Carnabuci in der Stadtbibliothek suchen? Er besaß nicht einmal eine Benutzerkarte. Bei dem Gedanken, daß sie mit ihm allein im Gebäude war, lief es ihr kalt über den Rücken. Wer konnte schon sagen, wessen er fähig war? Alles mögliche konnte passieren. Sie konnte nicht ahnen, daß Arcadio Carnabuci sich in den abgegriffenen Band *Exotische Früchte* von Lucentini vertieft hatte. Er war kein geübter Leser, und er suchte jede einzelne Seite nach etwas ab, das seinen kostbaren Früchten ähnelte, doch als er am Ende des Buchs anlangte, hatte er nichts auch nur entfernt Ähnliches entdeckt.

Mit derselben Gründlichkeit durchforstete er sämtliche Bücher der Abteilung: Abhandlungen über Bohnen, Pflanzenenzyklopädien, Kompendien, Auszüge aus Fachzeitschriften, Wörterbücher, Verzeichnisse, Handbücher. Die Suche blieb jedoch fruchtlos. Seine Früchte waren einzigartig: eine Spezies, die Botanikern wie Bauern vollkommen unbekannt war. Dies bestätigte ihm, was er bereits vermutet hatte: Sie waren kleine Wunder, und sie gehörten ihm ganz allein. Seine leichte Enttäuschung über seine vergeblichen Mühen wurde ausgeglichen von seiner heimlichen Freude über die Einzigartigkeit seiner Früchtchen, und er verließ die Stadtbücherei mit einem Lied auf den Lippen.

Endlich konnte Speranza Patti sich entspannen und

ihr Frühstück aus Brot und Käse hinter dem Tresen genießen. Leider hatte sie jedoch einen Krampf im Zeigefinger, der sich erst allmählich löste. Schon bald sprach sich überall herum, daß Arcadio Carnabuci sich in der Stadtbücherei herumgedrückt hatte, und Speranza Patti wurde von Bürgern belagert, die zu wissen begehrten, was er dort getrieben hatte. Noch nie hatte die Bücherei an einem einzigen Tag so zahlreiche Besucher verzeichnet. Speranza Patti, stolz darauf, daß sie mit einem Mal im Mittelpunkt des allgemeinen Interesses stand, gab den Leuten, was sie glaubte, daß sie von ihr erwarteten. In kürzester Zeit kursierten die wildesten Gerüchte über Arcadio Carnabuci: er sei im Bund mit dem Teufel, er plane, den Stadtrat zu stürzen, er habe das letzte Erdbeben verursacht, er sei auf der Flucht vor dem Gesetz, er sei ein Pirat, ein Vampir, ein Eunuch, ein heimlicher Transvestit.

Nichts ahnend von den absurden Geschichten über seine Person, ließ Arcadio Carnabuci seinen Pflänzchen weiterhin die liebevollste Pflege angedeihen. Sie dankten es ihm, indem sie sich vor seinen Augen bestens entwickelten. Fasziniert registrierte er jede noch so winzige Veränderung: das Wachsen seiner Früchtchen, die Veränderungen in der Färbung der samtigen Haut. Zärtlich wog er die Früchtchen einzeln in der Handfläche, um ihr Gewicht zu schätzen, wobei er sorgfältig darauf achtete, sie nicht zu beschädigen oder vorzeitig von dem Stielchen zu trennen, das sie mit der Mutterpflanze verband.

Er wartete mit einer Mischung aus Geduld und Unruhe. Natürlich brannte er darauf, die Früchte zu kosten und die Kräfte der wundersamen Veränderung auszulösen, die seinem Leben beschieden war. Gleichzeitig war ihm klar, daß er ausharren mußte, bis die Wunderfrüchte ihre volle Reife erreicht hatten, damit sie ihr größtes Potential entfalten konnten. Arcadio Carnabuci sagte sich, nachdem er vierzig Jahre lang gewartet hatte, würde er auch noch ein paar weitere Tage durchhalten. Er beobachtete nicht nur das Wachstum seiner Pflänzchen, er inhalierte den Duft der Früchte, achtete auf jede Geruchsnuance, getrieben von der Furcht, den leisesten Hauch von Zersetzung und Fäulnis wahrzunehmen.

Für Arcadio Carnabuci war die Welt regelrecht stehengeblieben. So vieles ereignete sich jetzt zwischen zwei Pendelschlägen der Uhr. Die Früchte waren sein ein und alles. Für ihn gab es nichts anderes mehr.

Dann, endlich, am siebenundzwanzigsten April um fünf vor halb zehn, war der Zeitpunkt gekommen. Die Früchte waren reif. Seine lebenslange Erfahrung als Olivenbauer sagte ihm, daß der Augenblick der Vollkommenheit erreicht war. Und so nahm er, keine Sekunde zu früh oder zu spät, seinen Mut zusammen, schluckte schwer und pflückte die Früchte mannhaft von ihren Stielen.

Die kleinen Lieblinge fühlten sich beinahe menschlich an. Sie waren warm, weich und fleischig. Doch Arcadio Carnabuci konnte es sich jetzt nicht leisten, sentimental zu werden. Mit einem scharfen Messer begann er sie zu schälen, entfernte die hauchdünne, gesprenkelte Haut und ließ sie in einer Spirale auf den Küchentisch sinken. Die aufgeschnittenen Früchte verströmten einen Duft, der Arcadio Carnabuci beinahe die Sinne raubte. Es war ein Duft nach Vanille, Champagner, Sehnsucht, Marzipan, Pfirsichen, Lächeln, Sahne, Erdbeeren, Himbeeren, Rosen, geschmolzener Schokolade, Flieder, Feigen, Lachen, Geißblatt, Küssen, Lilien, Betörung und Leidenschaft.

Dann, nach so viel Geduld, konnte er nicht länger an sich halten. Gierig und lüstern verschlang er die Früchte eine nach der anderen. Sein Verstand konnte nicht fassen, was seine Geschmacksknospen ihm durch seine wie Spaghetti gewundenen Sinne mitteilten. Es war, als würde ein Stern in seinem Mund explodieren. Der Geschmack war fruchtig, ja, aber anders als bei allen Früchten, die er je gekostet hatte. Verzückt schloß er die Augen, Wellen der Freude schlugen wie Brecher über ihm zusammen, durchtränkten ihn und ließen seine Knie weich werden.

Nachdem er die Früchte aufgegessen und jeden Tropfen Saft vom Tisch geschlürft hatte, nachdem er sich die Finger und Handflächen, die Lippen, das Kinn und die Wangen abgeleckt hatte, fühlte er sich satt und zufrieden.

Mit dem Anflug eines Lächelns im Gesicht sank er schließlich auf seinem Stuhl in sich zusammen. Erst später spürte er die vollkommene Ruhe, die ihn überkam, und er machte es sich bequem, um der Dinge zu harren, die ihn erwarteten.

Während Arcadio Carnabuci sich in seinem Stuhl zurücklehnte und wartete, saßen weit im Süden auch Fernanda Ponderosa und ihr Gefolge und warteten, doch worauf, das wußte niemand. Dann geschah es, daß das Erscheinen eines Lastwagens auf dem Pier, gefahren von Ambrogio Bufaletti, sie in die nächste Phase ihrer Reise katapultierte.

Beim Anblick von Fernanda Ponderosa leckte Signor Bufaletti sich die Lippen; ja, ihm lief regelrecht der Geifer aus dem Mund, aber vor allem und in erster Linie war er Geschäftsmann, und seine Lüsternheit würde ihn nicht davon abhalten, nach allen Regeln der Kunst zu feilschen. Und so begannen langwierige Verhandlungen, kompliziert durch den Umstand, daß Fernanda Ponderosa, die sich allein auf ihren Instinkt verließ, keine Ahnung hatte, wohin ihre Reise sie führte. Sie schloß die Augen und versuchte, sich den Ort vorzustellen, während Ambrogio Bufaletti die Augen gen Himmel verdrehte und ungeduldig gestikulierte.

Vor ihrem geistigen Auge sah Fernanda Ponderosa

einen großen, nackten Mann mit faunischen Augen. Sie roch den unwiderstehlichen Duft von frischgebackenem Brot. Sie erblickte Schweine, sowohl Hausschweine als auch Wildschweine mit Borsten und Hauern. Sie hörte ihr Grunzen und Schnauben. Sie sah Käse, und die Vorstellung brachte sie zum Niesen. Sie sah Olivenhaine auf sanften Hügeln. Sie sah Hände, die Würste herstellten. Sie spürte gehauchte Küsse im Nacken. Sie schmeckte Schinken. Sie sah Weinstöcke in sauber ausgerichteten Reihen. Sie sah dunkle Eichenwälder und dann, plötzlich, einen Friedhof.

»Berge«, sagte sie schließlich. Ihre Stimme war tief, fast zu tief für eine Frau, und sonor. Sie war volltönend, als käme sie aus dem Inneren der Erde. Sie ließ jeden Matrosen, jeden Schauermann, Fischer und Zöllner, der auf dem Kai herumlungerte, innehalten und zu ihr hinüberblicken. Fernanda Ponderosa fühlte sich geschmeichelt, ließ sich jedoch nichts anmerken.

Ambrogio Bufaletti machte keine Anstalten, seinen Blick von Fernanda Ponderosas prachtvollen Brüsten abzuwenden.

»Sie möchten also gern zum Himalaja, Signora?«

»Fahren Sie einfach Richtung Osten, Signore«, erwiderte sie mit einem Aufblitzen ihrer dunklen Augen. »Ich werde Sie dirigieren.«

Ambrogio Bufaletti verlangte einen überhöhten Preis, und zwar in bar und im voraus. Anschließend wurden Fernanda Ponderosas Besitztümer auf den Lastwagen geladen, und dann ging die Fahrt los, auf der Suche nach den Bergen aus Fernanda Ponderosas Phantasie. Erst als der Möbelwagen außer Sichtweite war, trauten sich die Geschäftsreisenden, mit ihren schweren Koffern die Fähre zu verlassen und sich um ihre Angelegenheiten zu kümmern.

* * *

So begann eine Reise, die den Affen noch jahrelang in seinen Alpträumen verfolgen sollte. Kaum saß Ambrogio Bufaletti hinter dem Steuerrad, verflog seine Geduld so schnell wie der Rauch der Zigaretten, die er ohne Unterlaß rauchte. Statt seinen Blick auf die Straße zu heften, zog er es vor, Fernanda Ponderosa anzuglotzen, und trotz ihrer Ermahnungen, sich auf die Fahrbahn zu konzentrieren, gelang es ihm nicht, sich zu beherrschen. Auf kurvenreicher Strecke fuhr er geradeaus, so daß die entgegenkommenden Fahrzeuge gezwungen waren, in den Graben auszuweichen, um Kollisionen zu vermeiden. Er raste mit einer Geschwindigkeit daher, für die sein klappriger Lastwagen nicht geschaffen war, und scherte sich nicht um die Gepäckstücke, die während der Fahrt von der Ladefläche fielen und am Straßenrand eine bunte Spur hinterließen. Wenn sich in Städten der Verkehr staute, rumpelte er über den Gehsteig, um den Weg abzukürzen. In Collesalvetti fuhr er mitten durch eine Gruppe Nonnen, die wie Hühner auseinanderstoben. In Ponsacco wurden sie von einem Offizier der Carabinieri an den Straßenrand gewinkt, doch anstatt anzuhalten, trat Ambrogio Bufaletti das Gaspedal durch, während der Offizier hustend in einer blauen Auspuffwolke stand und per Funk Verstärkung anforderte. Die Reise hatte gerade erst begonnen, und schon waren sie auf der Flucht vor dem Gesetz.

Der Affe hielt sich die winzigen Hände vors Gesicht und stieß von Zeit zu Zeit jämmerliche Schreie aus, die jedoch bei dem Lärm des Motors und den Flüchen des Fahrers völlig untergingen.

Auch Fernanda Ponderosa schloß die Augen, was Ambrogio Bufaletti schamlos ausnutzte, indem er jedesmal, wenn er einen anderen Gang einlegte, ihre Schenkel betatschte. Diese Tätlichkeiten bemühte sie sich nach Kräften zu ignorieren, doch als er sich erdreistete, nach ihrem Busen zu greifen, schlug sie mit dem nächsten Gegenstand nach ihm, den sie zu fassen bekam, einem Zinnteller, der auf seinem Schädel schepperte wie ein Becken. Ambrogio Bufaletti war so verblüfft, daß er Mühe hatte, die Kontrolle über sein Fahrzeug zu wahren, und hätte um ein Haar ein Brückengeländer durchbrochen und sie alle in die reißenden Fluten des darunter tobenden Baches gestürzt.

Zwar enthielt Ambrogio Bufaletti sich einer Bemerkung, aber er war alles andere als begeistert, und die Stimmung in dem verrauchten Führerhaus war getrübt. Von jetzt an nahm Ambrogio Bufaletti immer wieder beide Hände vom Steuer, um Fernanda Ponderosa noch mehr in Panik zu versetzen. Sie unterdrückte ihre Angstschreie und griff ins Lenkrad. Es war ein Nervenkrieg, den Fernanda Ponderosa zu gewinnen gedachte.

Sie kurvten stundenlang durch Florenz, da Ambrogio Bufaletti immer wieder die richtige Abbiegung verpaßte. Große Gruppen von japanischen Touristen, die hinter fähnchenschwingenden Reiseführern hermarschierten, mußten sich in Deckung bringen, wenn der Laster angerast kam, und Tausende von Teleobjektiven hielten verschwommene Bilder einer grimmig dreinblickenden Fernanda Ponderosa fest. Selbst dem Duomo wurde schwindelig, als der zerbeulte Lastwagen ihn zum zwanzigsten Mal umrundete. Die Fontana di Nettuno, der Palazzo Vecchio, der Davide, die Uffizien, der Arno, alles flog bei dieser alptraumhaften Stadtbesichtigung mit gefährlich hoher Geschwindigkeit vorüber. Doch schließlich waren sie aus der Stadt heraus und wieder unterwegs und überließen es den Sehenswürdigkeiten der Stadt und den Touristen, sich so gut es ging neu zu ordnen.

Nach vielen Stunden und vielen Kilometern hatte Fernanda Ponderosa den Eindruck, daß sie endlich das Ziel ihrer Reise erreicht hatten. Obwohl sie noch nie in der Gegend gewesen war, kam ihr die Landschaft vertraut vor. Sie meinte die sanften Hügel wiederzuerkennen, die in der blauen Ferne in steile Berggipfel übergingen, die kleinen Städte mit Mauern aus rosafarbenem Gestein, die Olivenhaine, die Weinberge und die verschiedenfarbigen Getreidefelder. Als der Tag sich neigte, näherten sie sich den Mauern der alten Stadt Norcia.

Und so näherte sich Fernanda Ponderosa dem Mann, der sehnsüchtig auf sie wartete.

Seit er an jenem Morgen erneut nach einer fieberhaft durchträumten Nacht erwacht war, wurde er von einer Erregung umgetrieben, die größer war als er selbst. Sie schien ihn wie einen Euter auszuquetschen. Instinktiv spürte er, was diese Aufregung verursachte: Fernanda war auf dem Weg zu ihm.

Wie er den Tag überleben sollte, war ihm schleierhaft. Er rannte in seinen Olivenhain und versuchte, sich mit Arbeit abzulenken, aber er war einfach viel zu nervös, und es dauerte nicht lange, bis die altehrwürdigen Bäume ihn davonjagten und sich wieder ihrer Aufgabe widmeten, Oliven reifen zu lassen.

Er eilte zurück in seine Hütte und tanzte von Zimmer zu Zimmer, versuchte, alles in Ordnung zu bringen, brachte jedoch alles nur noch mehr durcheinander. Er spielte mit dem Gedanken, das Bett mit den himmlischen Laken zu beziehen, doch selbst er mußte einsehen, daß es dazu noch zu früh war. Das Haus spielte sowieso keine Rolle. Sich an diesem großen Tag mit Putzen zu beschäftigen wäre einfach lächerlich gewesen.

Mit einem breiten Grinsen, wie Marmelade in sein Gesicht geschmiert, lief er nach draußen und begrüßte den schweren, blauen Himmel mit ausgestreckten Armen. Vor lauter Glück brach er in Tränen aus. Die Vorfreude war schier unerträglich.

Im Laufe des Tages verwandelte sich seine freudige Erregung in Ungeduld. Als die Luft kühler wurde und die Abenddämmerung Anstalten machte, sich von jenseits der Berge über die Ebene zu legen, ergriff Arcadio Carnabuci seine Axt und begann Feuerholz zu hacken, um seine überflüssige Energie loszuwerden. Er hackte und hackte mit der Kraft eines Mannes, der doppelt so groß war wie er. Er spaltete einen riesigen Baumstamm mit solcher Wucht, daß eine kleine Staubwolke sich daraus erhob wie Rauch. So sehr war er mit dem Holzhacken beschäftigt, daß er den klapprigen Umzugswagen nicht bemerkte, der hinter seiner Hütte über die Straße rumpelte und auf das Grundstück seines Nachbarn fuhr.

In diesem Augenblick riß Ambrogio Bufalettis bereits äußerst strapazierter Geduldsfaden. In aller Stille hatte er kurz zuvor beschlossen, einen Nothalt zu machen, Fernanda Ponderosa samt ihren Habseligkeiten am Straßenrand abzusetzen und sich auf den Heimweg zu begeben. Diese Fahrt dauerte schon viel zu lange. Die Frau sah ja wirklich nicht übel aus, aber sie war keine Spur freundlich. Von ihr war keinerlei Dankbarkeit zu erwarten. Während sein Fuß sich dem Bremspedal näherte, entdeckte Fernanda Ponderosa ein Haus, von dem sie augenblicklich wußte, daß es das richtige war, das Ziel ihrer Reise. Sie schrie: »Anhalten!« Und Ambrogio Bufaletti hielt an.

Das plötzliche Bremsmanöver ließ die Ladung des Lastwagens erst nach vorn und dann ebenso ruckartig wieder nach hinten fliegen. Die Schildkröten wurden in ihrem Aquarium zu einem Turm gestapelt und strampelten mit den Beinchen in der Luft. Der Affe prallte gegen die Windschutzscheibe, wobei er sich eine dicke Beule am Kopf zuzog. Im hinteren Teil des Lasters vermischten sich Fernanda Ponderosas Habseligkeiten zu einem bunten Möbelauflauf. Vor Schreck spielte die Uhr eine Melodie, die eigentlich besonderen Festtagen vorbehalten war. Der Laster selbst erschauerte und warf seine letzten noch übriggebliebenen Zubehörteile ab: den Auspuff, die Nummernschilder, die Scheinwerfer. Er hatte sein letztes Rennen überstanden, und dies war sein Todesseufzer. Signor Bufaletti stieß einen Schwall von Flüchen aus.

Ohne Zeremoniell lud Ambrogio Bufaletti das Gepäck hinter dem Haus ab, wo der Laster zum Stehen gekommen war, und kaum hatte er das letzte Teil abgestellt, ratterte er davon, bevor Fernanda Ponderosa ihren Entschluß bereuen und von ihm verlangen konnte, sie irgendwo anders hin zu fahren.

Während der Lastwagen sich mit stotterndem Motor entfernte, versuchte Fernanda Ponderosa vergeblich, in das Haus zu gelangen. Aus dem rötlichgelben Sandstein der Gegend erbaut, hockte es da, als wäre es vor Jahrhunderten mit dem Boden verwachsen und Teil desselben geworden. Selbst das mit Terrakottaziegeln gedeckte Dach war krumm und schief und hatte sich der Form des Hauses angepaßt wie ein abgetragener Hut. Das Geländer des Balkons auf der Vorderseite hing durch. Die Fensterläden, deren dunkelgrüne Farbe fast gänzlich abgeblättert war, waren geschlossen wie Augenlider. Jede Tür am Gebäude war verriegelt.

Die Dunkelheit färbte den Himmel grau, und die Frühlingsluft verlor schnell ihre Wärme. Ein leichter Schauer überlief Fernanda Ponderosa. Es war nichts zu hören, bis auf das unregelmäßige Ticken der großen Standuhr und das Geräusch von jemandem, der in der Ferne Holz hackte. Sie zog ihren Umhang über und ging noch einmal ums Haus herum, rüttelte erneut an allen Türen und versuchte, durch die Fensterläden zu lugen. Warum hatte ihre Intuition sie hierhergeführt? Was hatte es mit diesem Haus auf sich? In welcher Verbindung stand es zu ihr?

Plötzlich zerriß ein schriller Schrei die Stille, so daß die einsame Taube auf dem Dach verschreckt davonflatterte. Wie aus dem Nichts war eine verwahrlost aussehende Frau aufgetaucht, hatte die Milch, die sie in zwei Eimern trug, über ihre Holzschuhe verschüttet und war einfach umgefallen, als hätte sie jemand erschossen. War sie tot?

Fernanda Ponderosa sah sich nach Scharfschützen um – sie konnte keine entdecken – und rannte zu der Stelle hinüber, wo die Frau am Boden lag. Nein, sie war nicht tot, sie atmete noch. Als sie die Augen öffnete, wurde offenbar, daß sie fürchterlich schielte.

»Heilige Mutter Gottes!« rief die Frau. »Die Untote. Silvana, was willst du von mir?«

»Silvana?« fragte Fernanda Ponderosa entgeistert.

»Silvana ist hier? Wo?« Plötzlich wußte sie, was sie an diesen Ort geführt hatte. Es war Silvana, ihre Zwillingsschwester, die sie seit achtzehn Jahren nicht mehr gesehen hatte.

»Da hinten auf dem Friedhof, wo sonst?«

Dann, als sie den verblüfften Ausdruck auf Fernanda Ponderosas Gesicht bemerkte, fügte die Frau hinzu: »Sie ist tot.«

»Tot!«

»Ja, sie ist tot. Liegt seit über einem halben Jahr auf dem Friedhof. Ich dachte schon, sie wäre von den Toten auferstanden. Hat mir die Haare zu Berge stehen lassen. Sie hat nie was davon erwähnt, daß sie eine Zwillingsschwester hatte ...«

»Silvana ist tot!« Fernanda Ponderosa versagte die Stimme, und ihr Gesicht verzerrte sich vor Schmerz.

»Ja, sie ist mausetot«, erklärte Maria Calenda bitter. »Vom Blitz getroffen. Völlig verkohlt. Das schlimmste Gewitter seit Menschengedenken. Wir wollten ein Telegramm schicken, konnten aber ihre Verwandten nicht ausfindig machen. Fidelio ist wahrscheinlich auch tot. Er ist einfach abgehauen, hat den Verstand verloren, ist vom Erdboden verschwunden. Man hat überall nach ihm gesucht. Wahrscheinlich von Wölfen gefressen, heißt es. Seitdem geht alles den Bach runter. Ich muß mich hier um alles kümmern, muß den Käse machen, die Schweine füttern, siebzehn Sauen mit Ferkeln, Ziegen, Kühe, Schafe und was nicht alles. Primo muß für drei schuften. Würste. Kann den Bestellungen nicht nachkommen. Schinken. Überall Spione. Ärger mit Maddaloni. Pucillos Schweinefleischfabrik will uns in den Bankrott treiben. Düstere Machenschaften. Das Geschäft geht den Bach runter. Wir werden noch alle auf den Hund kommen.«

Fernanda Ponderosa war wie vom Donner gerührt. Ihre Schwester war tot. Sie rang nach Atem. Obgleich sie sich all die Jahre nicht gesehen hatten, war sie immer von der Hoffnung beseelt gewesen, daß sie ihre Zwistigkeiten eines Tages würden überwinden können. Ein Abgrund der Trauer tat sich in ihr auf. Silvana hatte die Fehde zwischen ihnen mit ins Grab genommen.

Als sie sich von dem Schrecken erholt hatte, machte Fernanda Ponderosa sich auf den Weg zum Friedhof, um dort eine Art Versöhnung zu finden. Der Zeitpunkt der Wiedergutmachung war gekommen. Sie ließ ihre Habseligkeiten im Garten stehen, wo sie ein Zimmer ohne Wände und Decke bildeten und Passanten dazu einluden, sich auf der Chaiselongue auszustrecken, ein Buch zu lesen oder sich ein erfrischendes Getränk aus dem Kühlschrank zu nehmen.

Obwohl sie noch nie an diesem Ort gewesen war, wußte sie ohne nachzufragen, in welche Richtung sie sich wenden mußte. Die Hügel und Berge rundherum überraschten sie nicht. Es war, als wäre sie nach jahrelanger Abwesenheit hierher zurückgekehrt.

Während sie im Dämmerlicht daherging, fühlte ihr Körper sich bleischwer an. Wie war es möglich, daß sie von Silvanas Tod so lange nichts gespürt hatte? Sie, die sich etwas auf ihren sechsten Sinn einbildete? Im Geiste ging sie die Ereignisse der vergangenen sechs Monate durch, rief sich ihre Träume in Erinnerung, durchkämmte ihre Gedanken. Hatte es irgendeinen Hinweis gegeben, irgendeine Andeutung? Sie fischte in ihrem müden Kopf nach Zeichen, doch es war zwecklos. Sie konnte es sich einfach nicht erklären.

Ohne daß Fernanda Ponderosa eine bewußte Entscheidung getroffen hätte, bogen ihre Beine von der Straße ab und marschierten durch das Friedhofstor. Ihr Instinkt führte sie zu dem Mausoleum, einem kleinen, villenartigen Bauwerk aus rosafarbenem Marmor. Aus einem runden Rahmen im Inneren des Mausoleums schaute ihr ein Abbild ihres eigenen Gesichts entgegen, ein Schwarzweißfoto, von dem sie sich nicht erinnern konnte, wann es aufgenommen worden war. Daneben standen in schwarzen Lettern der Ehename ihrer Schwester, SILVANA CASTORINI, und ihre Lebensdaten. Ein Schauer lief ihr über den Rücken. Es war, als stünde sie an ihrem eigenen Grab.

Fernanda Ponderosa kniete auf dem kühlen Marmor nieder und redete mit ihrer Schwester, sprach die Worte aus, die sie ihr gern zu Lebzeiten gesagt hätte, Worte, die Arcadio Carnabuci, versteckt hinter dem Grabmal der Familie Botta – näher konnte er sich nicht heranwagen, ohne gesehen zu werden –, vergeblich aufzuschnappen versuchte. Obgleich er zu weit entfernt war, um den Inhalt ihrer leidenschaftlichen Rede zu verstehen, meinte er doch, indem er den Hals reckte und die Ohren spitzte, die Melodie ihrer tiefen Stimme zu vernehmen, die stieg und fiel wie ein Zauberbrunnen. Wie sie ihn erbeben ließ! Wie Eis, das einem über den Nacken läuft. Er aalte sich im samtigen Klang ihrer Stimme, in seiner Nähe zu ihr und in der Stille des Friedhofs. Am liebsten wäre er bis an sein Lebensende so verharrt.

Zwar hatte Arcadio Carnabuci nicht bemerkt, wie der Umzugswagen vorgefahren war, doch Fernanda Ponderosas Ankunft war ihm nicht entgangen. In kleinen Orten sprechen sich Neuigkeiten schnell herum, und die erstaunliche Nachricht, daß Silvana Castorinis Zwillingsschwester gekommen war, um die Familie bei der Bewältigung ihrer großen Krise zu unterstützen, machte sofort die Runde.

Noch bevor er sie zu Gesicht bekam, wußte Arcadio Carnabuci aufgrund der Beschreibungen, daß die schöne Fremde seine Liebste war. Seine Fernanda. Endlich war sie eingetroffen. Er hatte nie daran gezweifelt, daß sie kommen würde, selbst dann nicht, als seine Situation hoffnungslos erschienen war und alle ihn ausgelacht hatten. Jetzt begriff er auch, daß die Gefühle, die er Fernanda Ponderosas Schwester vor achtzehn Jahren entgegengebracht hatte, ein verständlicher Irrtum gewesen waren. Eine Zeitlang, bevor sie Fidelio Castorini geheiratet hatte, und, wenn er ehrlich war, auch noch eine ganze Weile danach, war er davon überzeugt gewesen, daß Silvana einzig seinetwegen in die Gegend gekommen war. Doch nun wurde ihm klar, daß er einfach eine Zwillingsschwester mit der anderen verwechselt hatte. Endlich hatte sich die richtige Zwillingsschwester eingefunden. Er war außer sich vor Glück und Aufregung. Er warf seine Axt fort und rannte los, nur um festzustellen, daß Fernanda bereits auf dem Weg zum Friedhof war. Unbemerkt folgte er ihr, denn er brachte nicht den Mut auf, sie auf der Straße anzusprechen.

Im Halbdunkel betrachtete er sie eingehend. Viel konnte er nicht erkennen, doch ihm gefiel das Geräusch,

Sentimenti italiani

das ihre Füße auf dem Asphalt machten. Am liebsten hätte er sich auf die Straße gelegt und die Stellen geküßt, die ihre Füße berührt hatten, aber ihm blieb keine Zeit. Sie ging schnell, und er hatte Mühe, mit ihr Schritt zu halten und gleichzeitig nicht so nah zu kommen, daß sie ihn bemerkte. Obwohl es ihn drängte, ihr auf der Stelle seine Liebe zu erklären, war er dankbar für die Gelegenheit, sich erst einmal heimlich mit ihr vertraut zu machen.

Während er hinter ihr hereilte, labte er sich an der Vorstellung, daß er etwas von der Luft einatmete, die sie gerade ausgeatmet hatte. Die Luft, die durch ihre vollkommene Lunge zirkuliert war, die von ihren anbetungswürdigen Lippen und der herrlichen Nase ausgestoßen worden war und nun von ihm aufgenommen wurde. Wie wunderbar. Er atmete tief ein, um die Verbindung zwischen ihr und sich aufs höchste auszukosten, auch wenn die Anstrengung beinahe einen Asthmaanfall bei ihm auslöste.

Nachdem Fernanda alles ausgesprochen hatte, was ihr auf der Seele lag, stand sie auf und streckte ihre wohlgeformten Beine. Ihre Knie schmerzten. Während sie sie mit den Händen rieb, hatte sie plötzlich das Gefühl, beobachtet zu werden. Unsinn, sagte sie sich.

»Fürchtest du dich jetzt schon vor Gespenstern, Fernanda Ponderosa?« schalt sie sich.

Als Fernanda Ponderosa zum Haus ihrer Schwester zurückging, folgte Arcadio Carnabuci ihr, und ich folgte ihm. Ich konnte nicht anders. Wo er war, mußte ich auch sein.

Irgendwie hatten Arcadio Carnabuci und seine Liebesfrüchte in der ganzen Umgebung das empfindliche Gleichgewicht der Natur durcheinandergebracht, und ich war eins der ersten Opfer. Ja, ich Gezabel, das Dienstmaultier des Bezirksgesundheitsamtes, verliebte mich in diesen Mann. Für das menschliche Auge mochte er lächerlich und schwächlich wirken, ich fand ihn göttlich.

Bis zum vergangenen Dienstag war er mir nicht weiter

aufgefallen. Natürlich hatte ich ihn in Ausübung meiner Pflicht bei seiner Arbeit im Olivenhain und auf den Feldern und auch im Ort gesehen, aber ich hatte ihn nie *als Mann* wahrgenommen. Doch in jener Nacht wurde ich von fiebrigen Träumen heimgesucht, aus denen ich erschöpft und verschwitzt und mit wackeligen Beinen erwachte. Seine feurigen Augen versprachen mir die Leidenschaft, die ich bei den Vertretern meiner eigenen Spezies vergeblich gesucht hatte. Wenn er mein Fell mit der Hand berührte, meinte ich, ein Brenneisen zu spüren. Mir wurde heiß, ich wurde unruhig und feucht und sanft. Gemeinsam wanderten wir durch das frische Frühlingsgras. Wir tranken aus demselben kristallklaren Bach, an dessen Ufern er seine winzigen Lippen an meine drückte. Später, als wir in seinem gemütlichen Bett lagen, bedeckte er meine zierlichen Hufe mit Küssen, die mir ein Kribbeln durch alle vier Beine jagten und meine Lenden aus einem jahrelangen Schlummer kitzelten. Wir liebten uns die ganze lange, schwüle Nacht über, und als der Morgen kam, gehörte ich ihm, ihm ganz allein.

Als ich erwachte, von Concetta Crocetta, die mir meinen Hafer brachte, grausam aus dem Schlaf gerissen, fühlte ich mich ausgelaugt und bleischwer. Ich war so verschwitzt, daß mein Fell mit weißem Schaum bedeckt war, so daß Concetta Crocetta sich veranlaßt fühlte, meine Temperatur zu messen. Mein Frühstück konnte ich gar nicht richtig genießen vor lauter Schmetterlingen, die in meinem Bauch herumflatterten, Tausende winzige Schmetterlinge mit blaßgelben Flügeln.

Von dem Tag an war ich von Leidenschaft besessen.

Ich war wieder ein Fohlen. Wo auch immer ich hinging, nahm ich den Duft von Rosen wahr. Ich war kribbelig, ausgelassen, geriet grundlos aus dem Häuschen, mir war abwechselnd heiß und kalt, ich zitterte, schwitzte, hatte keinen Appetit, fand keinen Schlaf. Ich lebte nur noch, um ihn zu sehen, und machte, nur um einen Blick auf ihn zu erhaschen, der mir jedesmal Herzklopfen und Pulsrasen verursachte, immer wieder Umwege an seinem Haus vorbei, was die Krankenschwester, die wie üblich ihren eigenen Gedanken nachhing, nicht zu bemerken schien.

Der Wind, der in den Weizenfeldern raschelte, war Musik für meine langen Ohren. Das Gurren der Tauben. Das Flüstern der Nacht. Vor allem liebte ich es, Arcadio Carnabuci singen zu hören, denn seine Stimme konnte die Blätter an den Bäumen verzaubern, die Felsen in den Bergen, das Wasser im Wildbach.

Wenn mein Tagewerk getan war und ich nicht mit einem nächtlichen Notruf rechnete, stahl ich mich manchmal nachts heimlich aus dem Stall und schlich auf Zehenspitzen zu Arcadio Carnabucis Hütte hinüber, um ihn durch die Fenster zu beobachten. Es ging mir nicht darum, ihn auszuspähen. Ich wollte ihn einfach nur sehen. Der Gedanke, einen Tag vergehen zu lassen, ohne meine hungrigen Augen an ihm zu weiden, war mir unerträglich. Aber wenn ich vor seinem Fenster stand, ließ die Wärme der Kerzen im Haus mein Herz dahinschmelzen, und ich stellte mir vor, ich würde mich da drinnen wohlig an ihn kuscheln, genauso, wie ich es in meinem Traum getan hatte.

Aber außerhalb meiner glühenden Phantasie war es kalt. Ich wußte, daß er mich gar nicht wahrnahm. Daß er keinen einzigen Gedanken an mich verschwendete. Und das machte meine Verzweiflung so bitter wie Salbei. Ja, von außen betrachtet sah ich aus wie ein Maultier, aber konnte er nicht sehen, daß ich innerlich eine schöne Frau mit wohlgeformten Gliedmaßen und glänzendem braunen Haar war? Aber wie sollte ich Arcadio Carnabuci dazu bringen, das zu erkennen, solange er, wenn er mich überhaupt eines Blickes würdigte, nichts anderes gewahrte als das staubige graue Fell, das schon schäbig und ein bißchen von Motten zerfressen war, das schiefe Maul, den stinkenden Atem, die vergilbten Zähne und die breiten Maultiernüstern? Es war ein Elend, eine Folter. Und jetzt, wo diese mondäne Fremde aufgetaucht war, eine wirkliche Frau, welche Chance hatte ich da noch?

Und so folgten Arcadio Carnabuci und ich Fernanda Ponderosa zurück zum Haus der Castorini. Er trat in ihre Fußstapfen, rechts, links und wieder rechts, links, in dem Bemühen, ihr so nah wie möglich zu sein, und ich machte es ebenso mit seinen.

Bald kamen wir an. Das leere Haus verschluckte sie, und kurz darauf wurde in einem der oberen Zimmer, dem mit dem Balkon, ein Licht eingeschaltet, das durch die Lamellen der Fensterläden schimmerte. Die Nacht war hell, es war Vollmond, ein gutes Omen für Liebende, und der Himmel war mit Tausenden winzigen Sternen gesprenkelt, leuchtende Welten, Millionen von Meilen weit entfernt, von denen einige sogar schon längst aufgehört hatten zu existieren. Es kam mir vor wie die romantischste Nacht, die es je gegeben hatte.

Im Licht von Mond und Sternen entdeckte Arcadio

Carnabuci im Garten ein möbliertes Zimmer. Er wunderte sich, daß die Möbel draußen standen, wo doch die Nellinos, diese Diebe aus Folpone, alles klauten, was nicht niet- und nagelfest war und nicht von einem bissigen Hund bewacht wurde.

Er ließ sich auf der Chaiselongue nieder und schaute zu dem Fenster hinauf, hinter dem seine Liebste weilte. Beglückt malte er sich aus, wie der rosafarbene Plüsch des Polstermöbels ihren Hintern ebenso umschmeichelt hatte wie jetzt den seinen. Dann, unter dem Einfluß des Mondes und der Sterne, dem Gesang der Nachtgeschöpfe, der Eulen und Fledermäuse und Grillen, der Wühlmäuse und Lurche, erkannte Arcadio Carnabuci, was er zu tun hatte. Er mußte singen. Er würde Fernanda Ponderosa ein Ständchen bringen und ihr damit seine Liebe erklären.

Er zitterte am ganzen Leib und konnte kaum fassen, was mit ihm geschah. Er wußte, daß dies ein historischer Augenblick war. Der Rest seines Lebens hing ab von dem Lied, das gleich aus seinem Munde ertönen würde. Das Objekt seiner fieberhaften Träume war endlich da, und er wollte die Stimmung auskosten, den letzten bittersüßen Augenblick der Einsamkeit und der herzzerreißenden Sehnsucht, die so kurz vor ihrer Erfüllung stand, bevor er den Lauf ihrer gemeinsamen Bestimmung in Gang setzte. Nachdem er so lange gewartet hatte, waren eine oder vielleicht zwei Minuten ein selbstsüchtiges Vergnügen, aber eines, das Arcadio Carnabuci meinte, sich leisten zu können.

Den Blick auf die funkelnden Sterne im fernen Nachthimmel geheftet, ging er auf das Haus zu und baute sich mit der Selbstverständlichkeit eines Opernsängers, der die Bühne betritt, unter dem Balkon auf. Langsam holte er tief Luft, dann leckte er sich ausgiebig die Lippen und brachte alsdann Töne von solcher Reinheit und Klarheit hervor, daß die Leute in der ganzen Gegend ob ihrer unerträglichen Schönheit zu seufzen und zu weinen begannen. Die ganze Welt schien plötzlich innezuhalten, und die Melodie wurde von der leichten Brise in weite Ferne getragen.

Hoch oben in den Bergen wurde Neddo, der Einsiedler, durch Arcadio Carnabucis Gesang aus seiner Meditation gerissen, und mit verzücktem Gesicht glaubte er tatsächlich, er sei erleuchtet worden. Ganz in der Nähe kamen Neddos Freunde, die Braunbären, aus ihren Höhlen gekrochen und begannen, im Rhythmus der vom Himmel hemiederrieselnden Musik zu tanzen. Weiter unten, in den Ausläufern der Berge, standen die Schäfer verwundert inmitten ihrer Schafe und neugeborenen Lämmer und fragten sich, ob der wundersame Gesang wohl einen zweiten Messias ankündigte. Vergeblich hielten sie Ausschau nach einem Stern im Osten, der ihnen den Weg zu ihm weisen könnte. Die Wölfe, die, angelockt von so vielen zarten Lämmchen, geifernd die Herden umschlichen, waren so ergriffen von der Musik, daß sie jeden Gedanken an ihr Abendessen fahrenließen und ebenfalls ihre Stimmen gen Himmel erhoben.

Die Bewohner der Stadt rissen die Fenster auf oder liefen, entzückt von der Melodie, auf die Straße. Selbst Luigi Bordino, der Bäcker, ließ vom Teigkneten ab, klopfte sich das Mehl von den Händen und trat an die Tür seiner Backstube. Fedra Brini hörte auf zu stricken.

Speranza Patti legte ihr Buch weg. Meine Herrin wurde aus ihren Träumereien über Amilcare Croce gerissen.

Was mochte diese engelhafte Stimme bedeuten?

Die Witwe Maddaloni deutete sie als Requiem für ihren Gatten, der zu Beginn der Woche unter mysteriösen Umständen dahingeschieden war.

»Dieser Engel hat sich zweifellos auf die Erde verirrt«, sagte Teresa Marta, deren Blindheit sie mit dem besten Gehör weit und breit ausgestattet hatte. »Das hört man doch an seinem klagenden Gesang. Wir müssen ihm helfen, seine Chorbrüder zu finden.«

Aber obwohl eine große Suchaktion durchgeführt wurde, war der einsame Engel nirgendwo zu finden. Die verblüfften Bürger standen in den Straßen, die Köpfe wie zum stillen Gebet geneigt, und Padre Arcangelo ging zwischen ihnen umher, um sie zu segnen, fest davon überzeugt, daß sie alle eines Wunders teilhaftig wurden.

Der einzige in der ganzen Gegend, der sich von den sehnsüchtigen Klängen nicht überwältigen ließ, war Primo Castorini. Er hörte keinen einzigen Ton. Er war wie immer im Kühlraum der Metzgerei *Porco Felice*, wo er die ganze Nacht nach seinen geheimen Rezepten Würste zubereitete. Bei der Arbeit war er stets so konzentriert, daß nichts zu ihm vorzudringen vermochte. Alle Sinne waren abgeschaltet, und er konzentrierte sein ganzes Können – und das war beachtlich – auf die Herstellung seiner Würste. Unglaublicherweise hatte er nicht einmal etwas von dem Erdbeben mitbekommen, das die Region erschüttert hatte, bis ihm das Dach über dem Kopf eingestürzt war. Und so konnte kein Gesang, mochte er noch so wundersam sein, ihn von den Wurstschlangen aus Schweinefleisch ablenken, die sein Lebensinhalt waren.

Arcadio Carnabucis Gesang wurde von den Fröschen auf den Seerosenblättern aufgenommen, von den Schwänen auf dem fernen See, der im Mondlicht silbrig glitzerte, von den Wasserfällen, die von den Bergen stürzten. Er wurde von den Schwalben aufgegriffen, die sich von der Melodie in die Luft emportragen ließen, von jedem bescheidenen Geschöpf im ganzen Umkreis, selbst von den Feldmäusen und den Regenwürmern. Die Mandelbäume weinten einen Blütenteppich. Die Statue der Göttin Aphrodite, die Ambrogio Bufaletti unsanft im Garten abgesetzt hatte, schluchzte lautlos vor sich hin, und marmorne Tränen fielen in den Staub. Am Ende des Gartens, versteckt hinter der Haselnußhecke, stand ich und zitterte. An meinen langen Wimpern waren schwere Tränen aufgereiht wie Kristallperlen auf einem Abakus. An ihnen zählte ich den Preis meiner hoffnungslosen Liebe ab.

Endlich wurden die Fensterläden aufgerissen, und Fernanda Ponderosa trat vorsichtig auf den Balkon. »Wer ist da?« Mit ihrem klangvollen Raunen verflüchtigte sich der Zauber der Nacht.

Arcadio Carnabuci trat in den Lichtkegel, den ihre Laterne warf, hörte jedoch nicht eine Sekunde auf zu singen. Der Gesang hatte Besitz von ihm ergriffen, er war sein Diener, sein Instrument, und ihm blieb keine andere Wahl, als ihm zu gehorchen.

Fernanda war nicht ganz die Frau seiner Träume. Sie war ein bißchen älter als die Jungfrau, die er erwartet hatte. Um so besser. Es konnte nicht schaden, wenn wenigstens einer von ihnen beiden ein bißchen Erfahrung mitbrachte. Wenn auch reifer an Jahren, so war sie doch noch schöner, als seine Vorstellungskraft sie hatte heraufbeschwören können. Die Augen seines Herzens hatten nur ein unvollkommenes Bild von ihr gemalt.

Ihr üppiger Körper war einfach umwerfend. Wieviel wonniger würde es sein, in ihrer sahnigen Weichheit zu versinken wie in einem Federbett, anstatt sich an die magere und knochige Gestalt zu schmiegen, die er sich vorgestellt hatte. Sicher, sie war größer als er, aber er liebte große Frauen. Da hatte man mehr zum Ankuscheln. Mehr, an dem man sich an einem kalten Winterabend wärmen konnte.

Wie ein Schwamm sog er jede Einzelheit auf, die er an ihr entdecken konnte. Ihre Augen waren nicht jadegrün, sondern ganz dunkelbraun, fast schwarz. Sie glänzten im Lampenlicht. Ihre Lippen waren voll und sinnlich. Ihr Haar, das ihn in seinen Träumen so verrückt gemacht hatte, war nicht golden, sondern dunkel, es war dick und kräftig, tiefschwarz und betörend. Wie er sich danach sehnte, mit den Fingern darin zu spielen. Er würde es sich zur Lebensaufgabe machen, es immer wieder zu ordnen, darauf zu achten, daß ihr keine Strähne in die Augen fiel oder an den Lippen klebte. Die Finger, die die Lampe hielten, waren nicht schlank und zierlich, sondern rund, mit lauter Ringen geschmückt, allerliebst. Allein über die Finger hätte er ein Buch schreiben können. Die Poesie ihres Körpers zu beschreiben würde tausend Bände füllen. Sich so etwas auszumalen hätte seine bescheidene Vorstellungskraft hoffnungslos überfordert.

Während sie so im Lampenlicht dastand und vom Balkon auf ihn hinabschaute, war die Luft, die sie beide umgab, warm und weich wie Samt, obwohl es erst Ende April war, und Arcadio Carnabucis Gesang erfüllte jeden Winkel des Universums mit fast unerträglicher Schönheit. Arcadio Carnabuci hatte Mühe, nicht in Tränen auszubrechen. Weinen konnte er später noch. Jetzt mußte er singen, und später dann – aber was für eine Rolle spielte es, was später kam? Und so warf er sich ins Zeug, um ihre Liebe zu gewinnen. Seine Stimme liebkoste sie, daran bestand kein Zweifel. Passagen Larghetto und Allegretto wechselten sich ab mit gewaltigen Crescendi, gefolgt von gehauchten Diminuendi, die in der Luft zu schweben schienen wie eine Feder, währenddessen die verzückten Zuhörer den Atem anhielten.

Fernanda Ponderosa stand auf dem Balkon und wartete. Sie zitterte, obwohl sie nicht fror. Schließlich trat sie vor und öffnete ihre vollen Lippen. Wollte sie in seinen Gesang einstimmen?

»Signore«, sagte sie ruhig, obwohl sie vor Zorn bebte. »Ich ersuche Sie, das Singen zu lassen.«

Aber Arcadio Carnabuci konnte nicht aufhören. Wahrscheinlich hatte er ihre Worte nicht vernommen, denn seine Ohren waren nur von seinem eigenen Gesang erfüllt. Und so trällerte er unbeirrt weiter. Und während er das tat, küßte er die Spitzen seiner riesigen Finger, Finger, die im Verhältnis zu seinem Körper völlig unproportioniert waren, Finger, die Fernanda Ponderosa erschauern ließen und in der Tat dazu beitrugen, daß sie ihr Herz vor ihm verschloß. Doch Arcadio Carnabuci konnte nicht ahnen, daß seine Finger sein Schicksal in

Fernanda Ponderosas Herz bereits besiegelt hatten, und er schwang seine anstößigen Gliedmaßen in Richtung Balkon, als würde er seine Küsse wie tiefrote Rosenblüten verstreuen.

Daraufhin zog Fernanda Ponderosa sich ins Haus zurück. Arcadio Carnabucis Herz schlug einen Purzelbaum in seinem überstrapazierten Brustkorb. Würde sie zu ihm in den Garten kommen, seine Hände mit ihren goldberingten Fingern ergreifen, ihm ihre Liebe erklären? Seine Knie gaben nach, er war einer Ohnmacht nahe.

Fernanda Ponderosa jedoch kam mit einem Eimer Wasser auf den Balkon zurück und goß ihn über Arcadio Carnabuci aus. Welch eine Tragödie, daß sie als einzige in der ganzen Region von seinem Gesang unberührt blieb. Für Musik hatte sie noch nie Verständnis gehabt.

Die plötzliche Stille fiel wie ein Vorhang nach einer Vorstellung, deren Ende niemand wollte. Fernanda Ponderosa ging zurück in ihr Zimmer und schlug die Tür hinter sich zu. Obgleich Arcadio Carnabuci die Nässe auf seinem Kopf wahrnahm und einen Moment lang vom Wasser in seinen Augen geblendet wurde, obwohl er spürte, wie das kalte Naß in seine Kleider drang, begriff er nicht, was passiert war. Mit so etwas hatte er nicht gerechnet. Es dauerte nicht lange, und ihn beschlich ein ungutes Gefühl: Er mußte sie irgendwie beleidigt haben. Langsam, und scheinbar auf halbe Größe zusammengeschrumpft, schlich Arcadio Carnabuci zurück zu seiner Hütte.

Und ich folgte ihm durch die Dunkelheit, während mir das Herz zu brechen drohte ob der Grausamkeit der Welt.

Teil zwei

Das Keimen der Saat

Irgendwann war ich dermaßen erschöpft von meinen widersprüchlichen Gefühlen, daß ich es aufgab, vor Arcadio Carnabucis Hütte zu warten und zu hoffen, daß er herauskommen und mir seine Liebe erklären würde. Er dachte einzig und allein an die Fremde. Meine Lage war völlig hoffnungslos. Jetzt bestand keine Aussicht mehr darauf, daß er mich wahrnehmen würde.

Verzweifelt bewegte ich meine armen, kleinen Hufe zurück in die Stadt und schleppte mich mit vor Kummer schwerem Herzen zu Concetta Crocetta. Zu meiner Überraschung und Beschämung traf ich die Bezirkskrankenschwester im Garten an, wo sie, eine Lampe in der Hand, ungeduldig auf und ab ging.

»Wo steckst du denn?« fuhr sie mich an, während sie mir gleichzeitig den Sattel auf den Rücken warf. »Vielleicht sollte ich auf den Rat des Gesundheitsamtes hören und mir ein Moped besorgen. Belinda Fondi liegt in den Wehen. Wir müssen uns beeilen.«

Trotz meiner Erschöpfung gestattete ich Concetta Crocetta, aufzusteigen. Die Tasche mit ihren medizinischen Instrumenten unter den Arm geklemmt, setzte sie sich in den Sattel, und wir machten uns auf den Weg zum Haus der Familie Fondi. Bei jedem Schritt hatte ich das Gefühl, eine kleine Schleimspur auf der Straße zu hinterlassen: die klebrigen Säfte meines gebrochenen Herzens, auf denen bald fremde Füße herumtrampeln würden. Meine Herrin hörte nicht auf, mich wegen meiner langen Abwesenheit am Abend zu schelten, sie drohte mir sogar an, mich demnächst mit einem Seil im Stall festzubinden. Aber kein Seil würde mich von meinem Geliebten fernhalten können.

Der dunkle Himmel schien kaum in der Lage, das Gewicht des prallvollen Mondes zu tragen. Die Sterne glitzerten über uns, und hoch oben im Firmament klang immer noch kaum hörbar das Echo von Arcadio Carnabucis Gesang nach.

Da wir uns so spät auf den Weg gemacht hatten, waren Belinda Fondis Wehen bereits in einem fortgeschrittenen Stadium, als wir auf dem Bauernhof eintrafen. Kaum hatte Concetta Crocetta sich in einer Waschschüssel die Hände und Arme geschrubbt, sich ihre weiße Schürze umgebunden und ihre Instrumente ausgepackt, als der kleine Serafino auch schon das Licht der Welt erblickte. Während Concetta Crocetta ihn badete, fielen ihren medizinisch geschulten Augen zwei kleine Makel an dem Säugling auf, zwei Warzen auf den Schulterblättern. So schien es zumindest.

»Nichts Besorgniserregendes, meine Lieben«, erklärte sie den erschrockenen Eltern. »So etwas kommt bei vielen Babys vor.«

Aber Belinda Fondi war nicht gänzlich beruhigt. Sie

wollte ein perfektes Baby, und obgleich sie sich alle Mühe gab, sich beglückt zu zeigen, war sie den Tränen nahe.

»Es war der Gesang, nicht wahr?« fragte sie Concetta Crocetta unglücklich. »Der Gesang hat mein Kind verunstaltet.«

»Nein, meine Liebe«, erwiderte die Schwester und streichelte der jungen Frau beruhigend über den Kopf. »Das ist doch abergläubischer Unsinn. Das sind Warzen, sonst nichts.«

Als Concetta Crocetta nach getaner Arbeit das Haus verließ, war ich gerade dabei, aus der Hecke, die den Garten umgab, ein paar winzige Früchte zu knabbern. Der Himmel, der bei unserer Ankunft schwarz gewesen war, hatte sich mittlerweile grau gefärbt. Der große Buttermond ging hinter den Bergen unter, und die Sterne verloschen einer nach dem anderen. Die Luft war wärmer und milder geworden. Während sie versuchte, mich von meinem Frühstück fortzulocken, spürte Concetta Crocetta, wie etwas auf ihrer Haube landete. Die gleichen kleinen Gebilde landeten auf meinem grauen Fell, auf dem blauen, frischgebügelten Cape der Schwester und auf ihren blankgewienerten Schuhen. Überall um uns herum rieselten sie zu Boden, kitzelten Concetta Crocetta im Gesicht. Sie fing eins davon auf und betrachtete es. Es war eine Feder, eine winzige blaugraue Feder, so weich wie eine Daune.

Die Federn fielen immer dichter und schneller. Sie regneten vom Himmel. Schon bald war ich von Federchen bedeckt, und ich betrachtete neugierig meinen Rücken. Sie klebten an meinen Wimpern, an meinen Ohren und in meinen Nüstern, so daß ich niesen mußte. Auch Concetta Crocetta war mit Federchen besprenkelt. Sie hafteten an ihrem Cape und an ihrer Haube, an ihren Haaren, auf ihrem Gesicht, an ihren Lippen. Auf dem Boden um uns herum hatte sich eine Schneewehe aus Daunen gebildet. Es war unglaublich. So etwas hatten wir noch nie gesehen.

Gleichzeitig brachen wir in lautes Gelächter aus. Obwohl wir seit zwanzig Jahren, seit dem Tag, als sie in unsere Gegend kam, zusammen lebten und arbeiteten, hatte Concetta Crocetta mich noch nie lachen gehört. Sie war so verblüfft und entzückt, daß sie noch herzhafter lachen mußte, und je lauter sie losprustete, um so mehr wieherte ich. So standen wir da, im kleinen Garten der Familie Fondi, vereint durch dieses seltsame Phänomen und durch einen Augenblick der puren Freude.

Immer noch wirbelten die Federn durch die Luft wie tanzende Schneeflocken, und als Concetta Crocetta ein paar Federchen aus ihren Augen wegblinzelte, sah sie den Arzt Amilcare Croce kommen. Ihr Herz begann schneller zu klopfen.

»Nicht zu fassen!« rief er von weitem, die Hände voll mit blaugrauem Flaum. »Natürlich habe ich davon gelesen, daß es Federn regnen kann, aber ich hatte es bisher noch nie selbst erlebt.«

»Vielleicht hat es etwas mit dem eigenartigen Gesang heute nacht zu tun. Haben Sie ihn draußen in Montebufo auch gehört?«

»Sicher. Merkwürdige Sache. Hat überall Aufruhr ausgelöst.« Dem Doktor, der praktisch wie ein Einsiedler lebte, war die Gewandtheit höflicher Konversation abhanden gekommen, und bis er sich wieder ans Sprechen gewöhnt hatte, pflegte er in kurzen, abgehackten Sätzen zu reden, die seine ungeduldigen Gedanken widerspiegelten. »Tiere, die im Gänsemarsch über die Hügel laufen, Bauern, die sie wieder einzufangen versuchen, Notgottesdienste in den Feldern. Alles natürlich abergläubischer Unsinn. Muß eine vollkommen rationale Erklärung dafür geben.«

Die Stimme des Arztes verlor sich: Concetta Crocettas apfelrote Wangen hatten nie so verführerisch gewirkt wie jetzt, wo sie im aufkommenden Morgenlicht vor Freude glühten und vor Gesundheit strotzten. Amilcare Croce, ein Leuchten in den Augen und Federn im graumelierten Haar, schien sich wieder in den Medizinstudenten zu verwandeln, als der er auf dem verblichenen Foto zu sehen war, das einen Ehrenplatz auf seinem Schreibtisch innehatte.

Ich hatte inzwischen aufgehört zu lachen und trat zur Seite, während ich den Doktor aus den Augenwinkeln anschaute. Das Klappern meiner Hufe war auf dem Federteppich kaum zu hören. Angesichts meines Feingefühls wurden der Doktor und die Schwester ganz verlegen und wirkten plötzlich wie unbeholfene Teenager.

»Alles in Ordnung?« Mit einer Kopfbewegung deutete der Doktor in Richtung Haus. Offenbar suchte er in dem Augenblick, als die Situation persönlich zu werden drohte, Zuflucht in der Fachsimpelei.

»Perfekt«, erwiderte sie knapp. Der Bann war gebrochen, der Faden gerissen.

»Was dagegen, wenn ich mal nachsehe?«

»Aber nein.«

»Bis später dann.«

»Bis später.«

Er machte sich auf den Weg ins Haus, watete durch die Federn, die sich bereits aufzulösen begannen. Concetta Crocetta klappte ihre Tasche auf, nahm ein Fläschchen heraus und sammelte ein paar der wenigen noch intakt gebliebenen als Andenken ein. Als wir uns der Stadt näherten, ging die Sonne auf, und abgesehen von den paar Federn in dem Fläschchen und der Erinnerung an die verzauberten Augenblicke, die wir drei erlebt hatten, blieb keine Spur des Federregens zurück.

* * *

Tragischerweise waren der Doktor und die Schwester noch nie in der Lage gewesen, ein Gespräch zu führen, ohne in fürchterliche Verlegenheit zu geraten. Und obgleich die beiden theoretisch zusammenarbeiteten, seit sie vor zwanzig Jahren zufällig am selben Tag frischausgebildet und frohen Mutes in die Gegend gekommen waren, schienen sie in Wirklichkeit wie zwei Schiffe, die im Dunkel der Nacht aneinander vorbeifahren.

Doktor Croce lebte allein in Montebufo, etwa zwanzig Kilometer von unserer Stadt entfernt. Das würde normalerweise kein Hindernis für die Ausübung seiner Pflichten darstellen, aber Doktor Croce war ein sonderbarer Mann. Nicht nur, daß er sich weigerte, ein nähergelegenes Domizil zu beziehen, er war ebenso stur in einer anderen Angelegenheit, und das hatte große Auswirkungen auf sein persönliches wie auch auf sein privates Leben.

Abgesehen von seinen eigenen zwei Beinen, mißtraute er jeder Art von Transportmittel. Er lehnte es ab, sich der Dienste von Pferd, Pony oder Maultier zu bedienen; weder war er bereit, auf einem von ihnen zu reiten, noch sich in einem Wagen, einem Einspänner oder einem Buggy befördern zu lassen. Auch ein anderes Lasttier kam nicht in Frage: Er verachtete sowohl den Büffel als auch den Ochsen. Seit einem Unfall, bei dem er sich als Kind eine Gehirnerschütterung zugezogen hatte, fürchtete er sich vor Fahrrädern und Rollern. Von motorisierten Fahrzeugen wollte er ebenfalls nichts wissen, egal ob Auto, Lastwagen oder Traktor. Desgleichen verschmähte er Schlitten und Boote – nicht, daß dergleichen in unserer Gegend überhaupt von Nutzen gewesen wäre. Dasselbe galt für Hubschrauber, außerdem war es ziemlich unwahrscheinlich, daß der Doktor ein akzeptables Exemplar fand, und selbst wenn, hätte er es sowieso nicht bezahlen können.

Kurz und gut, der gute Doktor mußte den gesamten Bezirk zu Fuß abklappern, und je nachdem, wie weit die zu überwindende Strecke war, konnte ein Hausbesuch einen ganzen Tag in Anspruch nehmen.

Aus diesem Grund verließen sich die Leute in Gesundheitsdingen lieber auf die Dienste meiner erfahrenen Herrin, Concetta Crocetta, und Doktor Croce, der immer und überall zu spät eintraf, galt gemeinhin als Exzentriker. Wenn er es in seltenen Fällen schaffte, pünktlich einzutreffen, wurde das als unerwartete zusätzliche Leistung betrachtet.

Im Gegensatz zu dem notorisch unpünktlichen Doktor trafen wir stets rechtzeitig ein. Ohne daß man die Schwester rufen mußte, schaffte sie es irgendwie, immer dann auf der Bildfläche zu erscheinen, wenn sie gebraucht wurde. Ihre Voraussicht lenkte sie zielsicher wie einen Torpedo zu einem eiternden Furunkel, einem juckenden Hautausschlag oder vorzeitig einsetzenden Wehen. Gutgelaunt und fürsorglich wie immer, richtete sie gebrochene Gliedmaßen, versorgte von Wildschweinhauern beigebrachte Fleischwunden, behandelte Pilzvergiftungen, Schlangenbisse, Hämatome, Verbrühungen, Herzinfarkte, Ohnmachtsattacken, Gelbsucht und Schlaganfälle.

Wenn sie ihre Arbeit getan hatte und sich auf den Weg zum nächsten Patienten machte, traf der Doktor endlich ein, häufig außer Atem, je nachdem, wie weit er hatte laufen müssen. Ihm blieb dann nicht mehr zu tun, als den Kopf zur Tür hereinzustecken, sich für sein spätes Eintreffen zu entschuldigen und mit zusammengebissenen Zähnen die Leistung seiner Kollegin zu loben.

Zur Ehrenrettung des guten Doktors soll nicht unerwähnt bleiben, daß er über die Jahre recht flink geworden war und den schlanken, durchtrainierten Körper eines Querfeldeinläufers entwickelt hatte. Hin und wieder wurde er durch eine Muskelzerrung ans Haus gefesselt, wo er sich, das verletzte Bein hochgelegt, die Haare raufte bei dem Gedanken, daß Concetta Crocetta sich in der Zwischenzeit, im Gegensatz zu ihm, bei der Bevölkerung noch unentbehrlicher machte.

Trotz allem war weit und breit bekannt, daß der Doktor und die Schwester unsterblich ineinander verliebt waren.

Zwar kränkte es den Doktor in seiner männlichen Ehre, daß die Schwester ihn an Leistung übertrumpfte und von den Patienten mehr geliebt wurde als er, aber das konnte er weder ihr noch sich selbst vorwerfen. Er konnte nicht umziehen. Er konnte kein Transportmittel in Anspruch nehmen. Das waren die simplen Fakten, und er konnte seine Energie nicht auf flüchtige Floskeln wie »Was wäre wenn« verschwenden.

Wenn er über das einsame Hochland oder durch bewaldete Täler lief, wenn er kristallklare Bäche oder die weiten, fruchtbaren Felder überquerte, dachte er an nichts anderes als an Concetta Crocetta, und in gewisser Weise hatte er das Gefühl, daß er nur für sie rannte, daß sie der Preis war, der ihn an der Ziellinie erwartete. Und wenn er am Bestimmungsort eintraf und das Glück hatte, sie zu sehen, was keinesfalls immer der Fall war, und wenn er, so vertraut sie ihm auch war, jeden ihrer körperlichen Vorzüge neu entdeckte, war er jedesmal überwältigt von ihrer Schönheit, die Jahr für Jahr zunahm, während sie auf ihn wartete, und jedesmal verliebte er sich wieder in sie wie auf den ersten Blick.

Wenn die Schwester sich länger als nötig bei einem Patienten aufhielt, wenn sie akzeptierte, daß man ihr in der Küche ein Glas Milch oder einen Mandelkeks reichte, wenn sie bei unseren Ritten kreuz und quer über die Felder und Hügel ihren Blick unruhig über den Horizont schweifen ließ und nach einer Gestalt Ausschau hielt, die manchmal, aber häufiger gar nicht auftauchte, wenn sie mir gestattete, auf dem Heimweg langsam zu gehen, anstatt zu traben, konnte man sie deswegen eine Närrin nennen?

Diese kleinen Dinge waren ihnen möglich. Er konnte sich beeilen, sie konnte ihr Tempo verzögern. Nach dem

Gesetz der Wahrscheinlichkeit mußten sie sich hin und wieder begegnen. Und was für äußerlich nicht wahrnehmbare, aber seismographisch meßbare Erschütterungen das in ihnen auslöste! Doch trotz der tiefen Zuneigung, die in jedem von ihnen wuchs wie ein Polyp, gelang es ihnen nie, den tiefen Graben, der ihre berufliche Beziehung von einer persönlichen trennte, zu überwinden. Immer aufs neue wiederholte sich dasselbe Muster. Niemals wichen sie von dem ab, was ihr Drehbuch ihnen vorschrieb. Seit zwanzig Jahren spielten sie dasselbe Schachspiel, und die Partie endete jedesmal mit einem Patt. Und weil jede lange herbeigesehnte Begegnung so enttäuschend war – beide waren verlegen, unbeholfen, frustriert –, schmachteten sie, noch bevor ihre Wege sich wieder trennten, nach der nächsten Gelegenheit, einander zu begegnen, in der Hoffnung, daß dann alles anders wäre.

Die Nacht, in der es Federn regnete, war ein entscheidender Wendepunkt. Das Gespräch, das sie in jener Nacht führten, war eines der persönlichsten, das je zwischen ihnen stattgefunden hatte und das die Schwester stets in liebevoller Erinnerung behalten sollte, so, wie sie das Fläschchen mit den Federn hütete. Concetta Crocetta, eine durch und durch vernünftige Frau, hatte längst alle Hoffnung aufgegeben, daß sie und der Doktor je etwas anderes füreinander sein würden als Kollegen. Sie hatte schon zu viele ihrer besten Jahre damit verbracht, nach dem Doktor zu schmachten. Sie liebte ihn, ja, aber sie erwartete nichts.

Unterdessen litt Arcadio Carnabuci an dem Riß in seinem Traum, den Fernanda Ponderosas Eimer Wasser verursacht hatte. Ein ums andere Mal ließ er die Szene vor seinem geistigen Auge ablaufen. Was hatte er falsch gemacht? Er konnte es sich einfach nicht erklären. Vorsichtshalber verfluchte er sich, obwohl ihm die Natur seines Vergehens immer noch unbegreiflich blieb. Wie hatte es so schieflaufen können? Hatte er nicht gut genug gesungen? Ihm selbst schien es, als hätte er noch nie in seinem Leben schöner gesungen. Aber vielleicht irrte er sich ja. Er wußte nicht mehr, was er denken sollte. Er warf sich im Bett hin und her, bis sein Schlafanzug sich zu einer Zwangsjacke verwurstelt hatte.

Dennoch gab er die Hoffnung nicht auf. Immerhin war sie gekommen. Sie war hier. Gleich nebenan. Die Liebe ist kein ruhiger Fluß, hatte seine Mutter immer gesagt, und die Zeit der Werbung war für seine Eltern weiß Gott nicht nach dem Lehrbuch verlaufen. Er mußte einen Entschluß fassen. Er würde alles wieder in Ordnung bringen. Am nächsten Morgen würde er es noch einmal versuchen. Jetzt war es zu spät. Wenn sie erst einmal darüber geschlafen hatte, würde sie einsehen, daß sie übereilt gehandelt hatte.

Später würden sie über diese Episode im Kreise ihrer Söhne scherzen. Ja, es war nichts weiter als eine vorübergehende Geistesabwesenheit. Sie war einfach müde nach der langen Reise. Außerdem hatte sie gerade erst vom Tod ihrer Schwester erfahren und war von Trauer überwältigt. Vielleicht hatte er nur den falschen Zeitpunkt gewählt. Er war mit der Tür ins Haus gefallen. Mit diesen Gedanken tröstete er sich und nahm sich vor, es bei Tagesanbruch noch einmal zu versuchen.

Im Nachbarhaus hatte Fernanda Ponderosa das seit langem nicht mehr genutzte Schlafzimmer gefunden und sich auf das Bett sinken lassen. Ihre eigenen Möbel würden vorerst draußen bleiben müssen – sie konnte sie jetzt nicht hereinholen. Und morgen würde sie womöglich schon wieder unterwegs sein, denn sie sah wenig Grund zu bleiben, wo sie war.

Sie wußte, daß sie keinen Schlaf finden würde und daß sie eine lange Nacht vor sich hatte. Silvana war tot. Sie konnte es immer noch nicht glauben. Obgleich die Rivalität zwischen den Schwestern bereits vor der Geburt begonnen hatte, als jeder der beiden Föten um den Platz im Mutterleib und ums eigene Überleben gekämpft hatte, fühlten sie sich doch durch ein unzertrennbares Band miteinander verbunden.

Vor Fernanda Ponderosas geistigem Auge spielten sich Szenen aus der Vergangenheit ab, Geburtstagspartys, Fahrradtouren, Ballspiele, Begebenheiten, die so banal waren, daß sie gar nicht wußte, warum sie ihr ausgerechnet jetzt in den Sinn kamen, warum sie sich überhaupt an sie erinnerte. Diese Szenen vermischten sich mit Gedanken an ihre alptraumhafte Reise, Bildern von dem Verrückten, der unter ihrem Balkon gesungen hatte, und mit den dunklen Schatten, die im Halbdunkel des Zimmers wie düstere Erscheinungen wirkten.

Auf einmal hatte Fernanda Ponderosa das seltsame Gefühl, nicht allein im Raum zu sein, und drückte auf den Lichtschalter, um ihre Ängste zu verscheuchen. In der plötzlichen Helligkeit erblickte sie Silvana, die am Fußende des Bettes saß und sie anschaute. Fernanda Ponderosa schrie laut auf.

»Du bist also endlich hergekommen«, zischte Silvana.
»Warum?«

»Ich hatte das Gefühl, daß ich ...«, stammelte Fernanda Ponderosa.

»Du verläßt dich also nach wie vor auf deine verrückten Gefühle, was?« fiel Silvana ihr ins Wort. »Hast du immer noch keinen Boden unter den Füßen? Na ja, manche Leute ändern sich nie. Was willst du hier?«

»Ich wollte nur reinen Tisch mit dir machen – ist das so verwerflich?« Fernanda Ponderosas Herz pochte. »Ich war eben auf dem Friedhof und habe versucht, mit dir zu reden, dir alles zu erklären. Hast du mich nicht gehört?«

»Ich halte mich da nicht häufig auf, da ist es mir zu gruselig. Aber verschone mich gefälligst mit deinen Erklärungen. Manches kann man nicht mehr in Ordnung bringen. Bloß weil ich tot bin, brauchst du dir nicht einzubilden, daß jetzt alles in Butter ist.«

Sentimenti italiani 87

Kaum hatte sie diese Worte ausgesprochen, verschwand sie wieder und hinterließ nur eine Mulde in der Tagesdecke an der Stelle, wo sie gesessen hatte.

»Wollen wir es nicht wenigstens versuchen?« rief Fernanda Ponderosa, obwohl das Zimmer leer war.

»Silvana?«

»Wo bist du?«

»Kannst du zurückkommen?«

»Können wir nicht einfach miteinander reden?«

Doch Silvana hatte wie üblich das letzte Wort behalten und blieb verschwunden.

Den Rest der Nacht verbrachte Fernanda Ponderosa nervös und angespannt. Würde Silvana zurückkommen? Es dauerte lange, bis ihr Herz wieder seinen normalen Rhythmus gefunden hatte und ihr Atem sich beruhigte. Immer wieder sprach sie mit ihrer Schwester, wiederholte die Dinge, die sie gern gesagt hätte, wenn sie zu Wort gekommen wäre. Die einzige Antwort war vollkommene Stille. Jedes Knarzen in dem alten Haus und jedes Geräusch, das von draußen hereindrang, ließen sie erwartungsvoll zusammenzucken.

Schließlich, als der Morgen graute, übermannte sie der Schlaf. Aber es war nicht der erholsame Schlaf, den sie so dringend brauchte. Schreckliche Träume quälten sie. Sie wurde von jemandem geschlagen, den sie nicht sehen konnte und gegen den sie sich daher auch nicht wehren konnte. Verzweifelt versuchte sie, aus den Tiefen des Schlafs aufzutauchen, doch es gelang ihr nicht, die rettende Oberfläche zu erreichen. Sie wollte fliehen, aber eine überwältigende Kraft hielt sie zurück.

Als sie endlich erwachte, war sie unglaublich erleichtert darüber, daß sie das alles nur geträumt hatte. Aber was war mit Silvana – war sie auch nur ein Traum gewesen? Oder hatte Fernanda Ponderosa tatsächlich mitten in der Nacht den Geist ihrer Schwester gesehen?

Während sie dalag und ihren Gedanken nachhing, meldete sich eine innere Stimme, die ihr riet, zu bleiben, wenigstens eine Zeitlang, und Fernanda Ponderosa hörte immer auf ihre innere Stimme. Frei in ihren Entscheidungen, ging sie stets dorthin, wohin ihre Visionen sie führten, gab sich dem Willen der Gezeiten und der Winde hin, die sie in unbekannte Gefilde trieben.

Obgleich Fernanda Ponderosa gern ihren Phantasien nachging, war sie auch praktisch veranlagt. Wo sie schon so einen weiten Weg zurückgelegt hatte, sagte sie sich, konnte sie wenigstens versuchen, mit Silvana Frieden zu schließen. Wenn sie es nicht tat, würde sie sich ewig Vorwürfe machen, das war ihr klar. Außerdem wußte sie, daß das Familienunternehmen ihre Hilfe gut gebrauchen konnte. Auf ihren Reisen hatte sie in allen möglichen Berufen Erfahrungen gesammelt, und in einer Schweinemetzgerei zu arbeiten würde leichter sein als vieles, was sie bisher gemacht hatte. Sie hoffte, Silvana damit eine Freude zu machen und vielleicht einen Einblick in das Leben ihrer Schwester zu gewinnen. Und da es zur Zeit keinen anderen Ort gab, von dem sie sich angezogen fühlte, konnte sie genausogut hierbleiben.

Also stieg sie aus dem Bett, zog die Vorhänge auf und öffnete die Fensterläden. Die Sonne war bereits aufgegangen, und vom Fenster aus überblickte Fernanda Ponderosa die Schönheit der Landschaft: die weite Ebene, die sich vor ihr ausbreitete, aufgeteilt in von Hecken säuberlich eingefaßte Vierecke aus Weizen, Roggen und Hafer. Sie sah kräftige Weinstöcke, die in festen Reihen standen, Sonnenblumen, die mit ihren schweren Köpfen nickten, Felder mit jungen Kohlköpfen, Rüben, Rosenkohl, Brokkoli, Linsen, Kürbissen und Tomaten.

Die Möbel im Garten waren mit Tautropfen überzogen. Einige Spinnen hatten sich bereits an die Arbeit gemacht und Netze von einem Möbelstück zum nächsten gesponnen, die in der Morgensonne glitzerten wie Weihnachtsschmuck. Ein Dachs hatte es sich im Kinderbett gemütlich gemacht, Tauben bauten sich in den Haaren der Göttin Aphrodite ein Nest, und um den Sockel der Statue herum lagen tränenförmige Marmorsplitter.

Fernanda Ponderosa ließ die Schildkrötenfamilie unter dem Feigenbaum neben dem Haus frei. Der Affe Oscar hockte oben im Geäst und sah zu, wie sie die Statue der Göttin in der Mitte des Gartens aufstellte und anschließend den Rest ihres Gepäcks ins Haus schleppte. Es war eine eklektische Sammlung, für die zwischen den Hinterlassenschaften ihrer Schwester und ihres Schwagers erst einmal Platz geschaffen werden mußte. Fernanda Ponderosa verwendete keine große Sorgfalt auf die Gestaltung der Räume, denn da sie nicht vorhatte, sich hier allzu lange aufzuhalten, lohnte sich die Mühe nicht.

Nachdem sie alles untergebracht hatte, machte sie sich auf den Weg zu Maria Calenda, die in einem der Nebengebäude am Rand des Grundstücks wohnte, ganz in der Nähe der Schweineställe. Maria Calenda mied das Haus, so gut es ging, denn sie wußte, daß es darin spukte. Jedesmal, wenn sie Perdita Castorini erblickte, die vor langer Zeit verstorbene Mutter von Primo und Fidelio, bekam sie monströse Pickel, und sie mußte sich vor dem Zubettgehen mit einer magischen Salbe einreiben. Andere Gespenster verursachten andere Symptome, und bei den Schwierigkeiten, mit denen sie sich zur Zeit herumplagen mußte, hatte sie keine Zeit für Allergien.

Auf ihrem Weg quer über die Felder begegnete Fernanda Ponderosa ein paar Zwergziegen, die verspielt um sie herumsprangen. Als sie an den Schweineställen vorüberkam, schauten die Borstentiere sie mit traurigen Augen an. Nicht einmal die ausgelassenen Ferkel gaben einen Ton von sich. Sie trauerten, weil sie einen Todesfall in der Familie zu beklagen hatten.

Fernanda Ponderosa ging auf die weit entfernten Gebäude zu. Aus der Ferne konnte sie zwei oder drei Gestalten erkennen, die dort arbeiteten. Als sie näher kam, sah sie, daß es nur zwei Personen waren, Maria Calenda und ein Mann, und zwischen ihnen, festgezurrt an einem Gestell aus Stangen und Seilen, hing ein totes Schwein. Maria Calenda war gerade dabei, in einem Eimer das Blut aufzufangen, das aus einem Schnitt an seinem Hals rann. Sie hatte einen Riesenpickel auf der Nase, rot wie ein Leuchtfeuer.

»Gespenster gehen um«, rief sie Fernanda Ponderosa zu und deutete mit einem haarigen Finger auf ihren Pikkel. »Du kannst dich darauf verlassen, die Untoten sind unter uns.«

Vielleicht hatte sie recht.

Der Mann erhob sich, als Fernanda Ponderosa sich näherte. Seine Augen sogen sie auf wie die trockene Erde kühles Wasser an einem heißen Tag.

Er trug kein Hemd, nur eine grobe, wasserdichte

Hose und Gummistiefel, und sein breiter Brustkorb, der sich bei Fernanda Ponderosas Anblick hob und senkte, war über und über mit dem Blut des Schweins beschmiert, das er gerade geschlachtet hatte. Er war groß. So groß, daß Fernanda Ponderosa den Kopf in den Nacken legen mußte, um ihm ins Gesicht zu sehen. Er war nicht dick, aber sehr muskulös, und er hatte breite Schultern. Später konnte sie sich nicht mehr erinnern, was ihr als erstes an ihm aufgefallen war. War es sein dichtes, schwarzglänzendes Haar, das ein Eigenleben zu führen schien? Es lebte. Es vibrierte. Es teilte sich und legte sich wieder zusammen. Es wogte wie Wellen und schimmerte in der Sonne. Oder waren es seine Augen? Solche Augen hatte sie noch nie gesehen. Dunkel, fast schwarz, wie brennende Kohlen. Es waren die Augen eines Tiers, eines wilden Tiers.

Fernanda Ponderosa spürte sie regelrecht, spürte, wie sie sie versengten, aber das war sie gewohnt. Sie ruhten auf den Runzeln ihres nußbraunen Dekolletés, auf ihren üppigen Kurven, auf ihren vollen Lippen.

»Du hast also vor, uns zu retten?« fragte Primo Castorini, denn er konnte niemand anders sein als Silvanas Schwager. Sein Ton war ruhig, respektvoll oder sarkastisch, je nachdem, wie man ihn deutete. Seine Stimme war so tief, wie seine Augen schwarz waren.

»Ist das nicht edelmütig?« fügte er hinzu und schaute Maria Calenda an, die vor sich hin lachte und, die Augen gegen die Sonne zusammengekniffen, von einem zum anderen schaute und die Situation sichtlich genoß.

Fernanda Ponderosa sah, wie Primo Castorini sich mit dem Handrücken den Schweiß von der Stirn wisch-

Sentimenti italiani

te und sich dabei das Gesicht mit Blut beschmierte, was ihn noch gefährlicher erscheinen ließ.

»Ich bleibe, bis dein Bruder wieder zurückkommt«, sagte sie leise.

Nie hätte er sich ihre Stimme vorstellen können, er hätte nicht geglaubt, daß es so etwas gibt. Bis an sein Lebensende würde er nicht vergessen, wie es ihn erregt hatte, als er sie zum ersten Mal hörte. Ein Blitz fuhr durch seinen Körper bis in seine Lenden. Er zwang sich, sich zu beherrschen.

»Mein Bruder kommt nicht zurück«, brachte er mit Mühe heraus.

Sein Blick warnte sie, ihm zu widersprechen, doch sie wußte, daß Fidelio zurückkehren würde. Sein Hals war wie von der Sonne ausgetrockneter Sand. Fernanda Ponderosa spürte ein paar heiße Tropfen im Gesicht, als Maria Calenda einen Eimer kochendes Wasser über das Schwein goß und anschließend begann, mit einem Haken seine Borsten abzuschaben.

»Ich komme heute nachmittag, um zu helfen«, sagte sie.

»Ich werde sehr enttäuscht sein, wenn du nicht kommst«, erwiderte er langsam und trat auf sie zu. Er sprach ganz leise, es war kaum ein Flüstern, das Maria Calenda in ihrer Arbeit innehalten und die Ohren spitzen ließ.

Fernanda Ponderosa drehte sich um und ging. Ihre Hüften wiegten sich wie Wellen, die an den Strand schwappen. Primo Castorini, der das Meer noch nie gesehen hatte, hätte sich am liebsten hineingelegt, um in den Wellen zu ertrinken. Er schaute ihr nach, bis er sie nicht mehr sehen konnte. Als er sich wieder seiner Arbeit an dem toten Schwein zuwandte, mußte Maria Calenda über seinen Gesichtsausdruck lachen. Die Fremde würde sich in acht nehmen müssen.

Es war ein wunderbarer Tag, der erste Mai, und es war für die Jahreszeit zu heiß. Über Nacht war der Sommer gekommen, doch niemand hätte vorhersehen können, was für Wetter uns in diesem Jahr noch erwartete.

In den Hecken blühten die Blumen wie verrückt. Die Luft war überladen mit ihrem intensiven Duft und mit dem Gesumm der fetten Bienen, die unermüdlich Pollen sammelten, dem Gesang der Zikaden, dem Gebrumm der Fliegen. Sancio, der blöde Maulesel der Familie Castorini, stand auf seiner Wiese und wieherte laut. Meine Güte, wenn ich mir überlege, daß ich einmal drauf und dran war, mich in ihn zu verlieben! Das Muhen der Kühe klang so frohlockend wie der Gesang eines Kirchenchors. Die Hühner gackerten, die Ziegen meckerten, und die Schafe blökten. Auf der Erde wimmelte es von Leben, und am blauen Himmel, der aussah wie frisch gewaschen, vollführten die Schwalben ihre Flugkunststücke.

Als Fernanda Ponderosa in der Stadt eintraf, standen die Leute in den Straßen und unterhielten sich über den seltsamen Gesang, den sie alle in der vergangenen Nacht gehört hatten.

Gerberto Nicoletto verlangte vom Landwirtschaftsministerium Schadensersatz für seine Melonen: Sie waren über Nacht gereift, zu monströser Größe angeschwollen und hatten groteske Formen angenommen.

Filiberto Carofalo schimpfte darüber, daß alle seine Ziegen grüne Milch gegeben hatten.

Amelberga Fidotti behauptete, aus ihrem Brunnen sprudele Olivenöl.

Am frühen Morgen war eine Abordnung den Berg hinaufgestapft, um den Einsiedler Neddo um Rat zu bitten, aber auch der hatte sie nicht beruhigen können: Er war in tiefe Trance verfallen und beantwortete keine einzige Frage. Obwohl die braven Bürger geduldig darauf gewartet hatten, daß er zu ihnen sprechen würde, und obwohl sie ihm ihre kostbaren Geschenke unter die Nase gehalten hatten – Fleisch, Eier, Brot und wollene Socken –, war der Weise stumm geblieben. Nachdem sie mehrere Stunden lang auf ein Zeichen des bärtigen Sonderlings gewartet hatten, machten die Leute sich wieder auf den Heimweg und waren nicht klüger als zuvor.

Nach dieser Enttäuschung traten sie an Speranza Patti heran, die im Ort als eine Art Gelehrte galt. Speranza Patti ging in die Bibliothek und arbeitete sich durch mehrere Bücher, ohne eine Erklärung zu entdecken, was sie jedoch nicht davon abhielt, eine zu erfinden.

Sebastiano Monfregola hatte einen Hocker vor seinen Laden gestellt und schnitt seinen Kunden, wie immer an Feiertagen, auf der Straße die Haare. Als Fernanda Ponderosa sich an ihm vorbeizwängte, war er so verblüfft über die Ähnlichkeit mit ihrer toten Schwester, daß er Franco Laudato beinahe mit dem Rasiermesser ein Ohr abgeschnitten hätte.

Fernanda Ponderosa wußte natürlich, daß die zauberhaften Klänge nichts anderes gewesen waren als das schwachsinnige Ständchen des Dorfdeppen, doch sie sagte nichts.

Um zur Metzgerei zu gelangen, mußte sie sich mit Hilfe ihrer Ellbogen durch die Menge kämpfen, die vor der weltberühmten Bäckerei Bordino Schlange stand. Die Feststimmung, die die ganze Stadt ergriffen hatte, sorgte dafür, daß das Geschäft brummte. Im Angebot waren nicht nur die üblichen Brot- und Gebäcksorten, sondern Marzipanengel, aus deren Mündern goldene Zuckerkristalle sprudelten. Melchiore Bordino, der Sohn des Bäckers und Meister in der Herstellung von zuckrigen Träumen, hatte diese Süßigkeit speziell für diesen denkwürdigen Tag kreiert.

Luigi Bordino, Melchiores Vater, hatte das Geschäft von seinem Vater Luigi Bordino geerbt, der es wiederum von seinem Vater Manfredi Bordino übernommen hatte. Niemand konnte sich an eine Zeit erinnern, in der es keine Bäckerei Bordino in der Stadt gegeben hatte.

Für Luigi Bordino war das Brot sein Leben. Der Duft von Brot umgab ihn stets wie eine Wolke. Nachts im Bett dachte er an Brot. Die Bücher, die er las, handelten von Brot. Die einzigen Sendungen, die er sich im Fernsehen anschaute, hatten Brot zum Thema. Brot war seine Leibspeise. Nichts aß er lieber als ein Stück von seinem eigenen Brot, ohne Öl, Butter, Käse oder Schinken. Für ihn war es auch ohne Belag gut genug.

Das Brot der Bäckerei Bordino war unglaublich beliebt. Es gab noch eine zweite Bäckerei am anderen Ende der Stadt, und dort war das Brot tatsächlich etwas billiger, aber nur Geizkragen kauften dort ein. Diejenigen, die mit Liebe gebackenes Brot haben wollten, reihten sich früh am Morgen, wenn der himmlische Duft vor der Bäckerei in der Luft lag, bei Bordino in die Warteschlange ein.

Aber, wie das Sprichwort sagt, man lebt nicht nur vom Brot allein. Viele Jahre waren vergangen, seit Luigis Frau Gloriana, Tochter einer Bäckersfamilie in Gubbio hoch oben im Norden, das Zeitliche gesegnet hatte. Und viele Jahre lang hatte Luigi gehofft, eine neue Frau zu finden, aber das Objekt seiner Liebe, meine Herrin Concetta Crocetta, hatte seine Annäherungsversuche stets ignoriert.

Viele Male hatte er einen ganz besonderen Teig für sie geknetet, seine Liebe als geheime Zutat hineingegeben und mit kleinen Verlockungen versüßt: Feigen oder Granatapfelkerne, Rosinen und kandierte Angelika, Kirschen oder, je nach Jahreszeit, Pfirsichstücke und sogar Rosenblütenblätter. Sein Liebesgebäck war jedesmal ein kleines Kunstwerk: Mal hatte es die Form eines Kranzes, mal die eines Blumenstraußes, mal war es ein Herz, eine Frucht, ein Körbchen. Seine Phantasie kannte keine Grenzen. Und schließlich wickelte er das Gebäckstück liebevoll in Seidenpapier ein, verstaute es in einer bunten Schachtel, legte eine respektvolle Grußkarte dazu und lieferte es persönlich bei uns ab.

Concetta Crocettas Dankeskarten stapelten sich unter dem Kopfkissen des Bäckers, aber sie ermunterten ihn mit keinem Wort dazu, seine Werbung zu intensivieren. Concetta Crocetta freute sich über das süße Gebäck, aber die geheime Zutat, die Liebe des Bäckers, schien in ihrer Brust nicht aufzugehen wie Hefeteig, jedenfalls nicht für Luigi Bordino. Doch wenn sie das Gebäck aß, wuchs ihre Liebe für Amilcare Croce.

Luigi teilte sein Haus mit seinem Sohn Melchiore, dem Konditor, und dessen Frau Susanna. Im Grunde seines Herzens konnte er nicht verstehen, warum Melchiore sich für diese Frau entschieden hatte. Natürlich war es nicht Susannas Schuld, daß sie an krankhaften Ernährungsstörungen litt und das Brot, das für Vater und Sohn Bordino alles bedeutete, nicht genießen konnte. Aber mit Susanna auszukommen war wirklich nicht leicht. Sie war abweisend und streitsüchtig. Sie war die einzige magere Frau in der ganzen Gegend. Und ihre Zunge war ebenso scharf wie ihre Ecken und Kanten. Dauernd redete sie von Fortschritt, wollte moderne Methoden einführen, und sie wurde nicht müde, die Vorzüge von elektrischen Öfen zu preisen, die sie gern als Ersatz für die Holzöfen einführen würde, und von Maschinen, die das Kneten übernehmen sollten, das Luigi über alles liebte. Der Bäcker ließ sich nicht erweichen, aber sein Sohn, der sich nach einem ruhigen Leben sehnte, neigte mehr und mehr dazu, die Position seiner Frau zu unterstützen.

Was Susanna am meisten fürchtete und was ihr oft den Schlaf raubte, war die Vorstellung, daß ihr Schwiegervater wieder heiraten könnte, und sie beobachtete sein Werben um Concetta Crocetta mit großem Unbehagen. Sie zögerte nicht, das Verhältnis zu verfluchen, und vielleicht waren es ihre Flüche, die verhinderten, daß meine Herrin die Gefühle des Bäckers erwiderte.

So fühlte sich der einsame Bäcker in seinem eigenen Geschäft als der Unterlegene und fürchtete sich vor dem, was die Zukunft bringen würde. Die Angst und die Einsamkeit ließen ihn härter denn je arbeiten, und er backte noch mehr und noch besseres Brot.

Neben der Bäckerei Bordino befand sich die Metzgerei *Porco Felice*, die seit Generationen von der Familie Castorini geführt wurde. Über dem Schaufenster hing ein riesiges, goldenes Schwein, das dort schon seit Menschengedenken die Leute angrinste.

Im Schaufenster lagen alle fleischlichen Köstlichkeiten aus, die man im Laden erwerben konnte: Ganze Stränge rosafarbener Würste in allen Größen – die kleinsten nicht größer als Oliven und die größten einen halben Meter lang – hingen bündelweise an Haken. Es gab *ciaccatore, cacciatorini, cotechini, luganige, musetti* und *mortadelle*. Ganze geräucherte Schinken prangten neben glänzenden silbernen Tabletts mit Schnitzeln, Bries, Koteletts, Innereien, Hirn, Bauchspeck, Herzen, Leber und Zungen sowie ganzen Schweineköpfen mit Äpfeln im Maul. Zwischen den Tabletts mit dem Schweinefleisch standen Töpfe mit Schmalz, Senf und eingelegten Gurken und Flaschen mit Öl und Essig.

Fernanda Ponderosa betrat die Metzgerei und ließ das Volksfest hinter sich. Drinnen war es kühl und still. Die

Arbeitsplatten aus weißem Marmor glänzten, und in der Luft hing der zartrosa Duft nach Schweinefleisch.

Hinter der Theke führte eine Tür in den Kühlraum. Dort arbeitete Primo Castorini, dort zerteilte und portionierte er die riesigen Mengen Fleisch für die gesamte Gegend. Die Würste und Pasteten bereitete er nach uralten Rezepten zu, die er alle nur in seinem Kopf verwahrte und streng geheimhielt.

Als er Fernanda Ponderosa erblickte, spürte er, wie etwas in ihm in Wallung geriet. In dem geschlossenen Raum hatte sein verführerischer Geruch eine überwältigende Wirkung auf sie, und er durchbohrte sie mit seinem Blick.

Mit Mühe riß sie sich von seinen gierigen Augen los und schaute auf die Arbeitsfläche, wo sie seine Hände zwischen den Würsten entdeckte. Sie sahen anders aus, als sie erwartet hatte. Sie waren glatt und rosa, die Finger ziemlich lang. Es kam ihr vor, als hätte Primo Castorini die falschen Hände. Das waren absolut keine Metzgerhände. Das waren die Hände eines Dirigenten oder eines Zauberers oder eines Priesters. Die Hände waren gerade dabei, *cotechini* zu machen: Sie stopften einen Schweinedarm mit einer Mischung aus Schweineschwarte, magerem Schweinefleisch, Fett, Gewürzen und gekochten Schweineohren. Bildete sie sich das nur ein, oder zitterten die Hände unter ihrem musternden Blick?

Primo Castorini spürte, wie seine sonst trockenen Handflächen schweißnaß wurden. Zuviel Feuchtigkeit würde das Fleisch zu glitschig machen und die Würste verderben. Er mußte sich beruhigen, die Kontrolle wiedergewinnen. Als Folge seiner Erregung zeichnete sich bereits eine Wölbung in seiner Schürze ab. Er mußte sich auf seine Arbeit konzentrieren. Später konnte er sich mit Fernanda beschäftigen. Später, wenn er allein und die Hitze abgekühlt war, konnte er sich in Gedanken immer wieder an ihren Vorzügen laben. Aber es war nicht einfach. Seit dem Morgen hatte er sie nicht mehr aus dem Kopf bekommen. War es erst am Morgen gewesen, erst vor wenigen Stunden? Das konnte nicht sein. In dieser kurzen Zeit war sie zu seinem Lebensinhalt geworden. Er war besessen von ihr. Sie verfolgte ihn. Sie hatte Macht über ihn gewonnen. Jetzt war sie drauf und dran, auch noch sein Geschäft in den Griff zu bekommen. Warum hatte er ihr keine größere Latzhose gegeben? In der, die Silvana immer getragen hatte, platzte sie aus allen Nähten. Er konnte sich nicht konzentrieren, solange ihn diese Titten anstarrten. Solange diese gefährlichen Augen ihn anblitzten. Wenn er sich nicht mit ganzem Herzen seinen Würsten widmete, würden sie nicht gelingen, und sein ohnehin angeschlagenes Geschäft würde noch mehr Schaden nehmen.

Er hatte die Chance, es zu retten, aber nur, wenn er bereit war, alles zu geben. Heiliger Strohsack, ihr Duft konnte jeden Mann um den Verstand bringen. Jeder ihrer Atemzüge war ein Schlag in seine Magengrube. Er stellte sich vor, er wäre in einem Eisblock eingefroren. Er biß die Zähne zusammen. Er sandte lautlose Gebete gen Himmel, damit sein Körper endlich Ruhe gab.

Die Luft im Raum war kühl und trocken. Es war still. Der Kühlraum war fast hermetisch verschlossen. Es gab keinen Grund, irgend etwas zu sagen. Es wäre wirklich unklug gewesen, die Stille zu durchbrechen, als würde man ein kostbares Ei zerschlagen. Es war eine Pantomime oder ein Stummfilm.

Den ganzen Nachmittag bereiteten sie gemeinsam die geheimen Mischungen zu, nach Rezepten, für deren Besitz seine Rivalen von Pucillos Schweinefleischfabrik alles tun würden, das wußte Primo Castorini. Sie arbeiteten wortlos und mit der Präzision von Chirurgen. Sie brauchten nicht miteinander zu reden, denn es gab einen Gleichklang in ihren Bewegungen, ein Wissen darum, was zu tun war, wie man es gewöhnlich nur bei Leuten findet, die schon seit Jahren eng zusammenarbeiten.

Während sie mit den rosafarbenen Würsten auf der Marmorplatte hantierten, berührten sich hin und wieder ihre Hände. Dann zuckte Primo Castorini jedesmal zusammen, als hätte er sich verbrannt, und wenn das passierte, verzog Fernanda Ponderosa ihren Mund zu einem Lächeln, das sie mit ihrer Zungenspitze wieder fortleckte.

Anfangs hatte Primo Castorini keine großen Hoffnungen in Fernanda Ponderosas Fähigkeiten gesetzt. Er hatte sie als die Sorte Frau betrachtet, die dazu da ist, daß man sich mit ihr schmückt. Doch er staunte nicht schlecht, und, auch wenn er es nicht zugeben wollte, er war sogar beeindruckt. Ihre großen Hände waren geschickt, sie arbeitete sorgfältig und unermüdlich, sie war beinahe so gut wie er. Er bekam regelrecht Komplexe. Sie bearbeitete das Fleisch in einer Weise, die ihm das Gefühl gab, klein und schwach zu sein. Die Anmut, mit der sie die Würste rollte, hatte etwas Poetisches. Er spürte, wie ihm schon wieder ganz flau wurde. Er trank ein Glas kaltes Wasser und wischte sich den Mund langsam mit dem Handrücken ab.

Sentimenti italiani

Trotz der Schwindelanfälle und der Hitzewellen, die Primo Castorini immer wieder überkamen, trotz der Erregung, die er vor Fernanda Ponderosa zu verbergen suchte, schafften sie an jenem brütendheißen Nachmittag ein erstaunliches Pensum. Gemeinsam erledigten sie die Bestellungen, mit denen die Metzgerei seit Wochen im Rückstand lag. Allein konnte Primo Castorini die vielen Aufträge, die täglich aus aller Welt eingingen, nicht bearbeiten. Doch er weigerte sich, einen Gehilfen einzustellen, da er niemandem seine Rezepte offenbaren wollte und er eine paranoide Furcht vor Spionen hatte. Mit Fernanda Ponderosas Ankunft gingen seine Träume auf mehr als eine Weise in Erfüllung. Da sie zur Familie gehörte, konnte er ihr seine Rezepte anvertrauen. Sein Herz dagegen konnte er ihr nicht anvertrauen, da war er sich sicher.

Später nahmen sie sich die Schinken vor. Auch diese waren, obwohl Primo Castorini getan hatte, was er konnte, vernachlässigt worden.

Dreißig Tage lang mußten die tausend frischen Schinken tagtäglich mit Salz eingerieben werden, bevor man sie ein Jahr lang zum Reifen aufhängen konnte. Anschließend mußten sämtliche Schinken im Lagerraum umgehängt werden, damit Primo Castorini stets erkennen konnte, welches Reifestadium sie jeweils erreicht hatten. Um Fernanda Ponderosa zu zeigen, wie man das machte, massierte er seinen Schinken wie eine Geliebte. Es tat es mit solcher Hingabe, daß Fernanda Ponderosa beinahe laut gelacht hätte. Sie konnte sich vorstellen, ein totes Tier mit Salz einzureiben, aber sie konnte sich nicht vorstellen, sich in ein totes Tier zu verlieben.

Einmal, als ihm das Salz ausgegangen war, langte Primo Castorini hinter Fernanda Ponderosa, um sich einen frischen Sack Salz zu nehmen. Während er sich die größte Mühe gab, ihren Körper, der ihn anzog wie ein Magnet, nicht zu berühren, wurde die Luft zwischen ihnen plötzlich lebendig. Sie wurde heiß und aufgeladen, trotz der Grabeskühle, die im Raum herrschte. Es juckte ihn am ganzen Körper, und er wußte nicht, wo er sich kratzen sollte.

Schließlich war ihr Tagewerk getan. Die Schinken waren gesalzen und verstaut. Die Würste waren in Fettpapier zu Päckchen gewickelt und in Kartons verpackt. Der Kühlraum war blitzblank geschrubbt und strahlte im Licht der Neonröhre. Primo Castorini fiel kein Vorwand mehr ein, unter dem er Fernanda Ponderosa noch länger dabehalten konnte. Am liebsten hätte er sie nicht mehr fortgelassen, aber er wußte, wenn er sie sich nicht bald vom Hals schaffte, würde etwas in ihm bersten.

Sie zog ihre enge Latzhose aus und schüttelte ihre Mähne. Er ließ sie keinen Moment lang aus den Augen. Er konnte seinen Blick einfach nicht von ihr losreißen. Sie wollte die Metzgerei gerade durch die Vordertür verlassen, als sie seine Stimme hörte, die die Stille unterbrach. Sie klang leise, kaum hörbar.

»Warum hat Silvana uns nicht erzählt, daß sie eine Schwester hat?«

»Das sind eine Menge Fragen«, erwiderte Fernanda Ponderosa.

»Nur eine«, stieß er hervor. Aber sie war schon weg, und die Dunkelheit hatte sie verschluckt.

Er hob die Latzhose auf, die sie achtlos auf den Boden

geworfen hatte, und vergrub sein Gesicht darin. Er hatte keine Kraft mehr.

Als Fernanda Ponderosa am Schaufenster der Bäckerei Bordino vorüberging, das mit lauter Engeln und Marzipantieren in der Auslage fast weihnachtlich geschmückt wirkte, bemerkte sie nicht den bösen Blick, mit dem Susanna Bordino sie verfolgte. Den ganzen Nachmittag über hatte sich Susanna über die Fremde, die so plötzlich bei ihnen aufgetaucht war, den Kopf zerbrochen. Warum blieben die Leute nicht dort, wo sie geboren waren? fragte sie sich. Sie selbst war stolz darauf, daß sie sich nicht weiter von ihrem Geburtsort entfernt hatte, als der Klang der Kirchenglocken vom Wind getragen wurde, und daß sie bis an ihr Lebensende hier bleiben würde. In Susannas Augen war die Fremde alles andere als eine Schönheit, für ihren Geschmack war die Frau viel zu fleischig. Sie wußte jedoch, daß es einige Männer im Ort gab – darunter Luigi, ihr lüsterner Schwiegervater –, die durchaus von ihr fasziniert waren. Susanna kannte ihren Schwiegervater. Aber die Fremde konnte womöglich auf dumme Gedanken kommen, falls sie die Chance witterte, sich Luigi zu angeln und Susanna die Bäckerei vor der Nase wegzuschnappen. Das würde sie niemals zulassen. Eher würde sie sterben. Darauf konnte Fernanda Ponderosa sich verlassen.

Von einem Fenster im oberen Stock aus schaute auch Luigi der Fremden nach, und von diesem Tag an verschwendete er keinen Gedanken mehr an meine Herrin. Er eilte hinunter in die Backstube, die er gerade erst für die Nacht geschlossen hatte, und begann einen Teig zu kneten. In diesen Teig legte er alle Leidenschaft, die ihm noch geblieben war. Er hatte Gloriana nie geliebt. Das war ihm jetzt klar. Wie Schuppen fiel es ihm von den Augen. Die ersten sechzig Jahre seines Lebens waren eine einzige Lüge gewesen. Zum ersten Mal entdeckte er die Liebe, und sein Herz erglühte in seiner alten Brust. Gloriana, die das vom Himmel aus mit ansehen mußte, begann zu weinen. Die besten Jahre ihres Lebens hatte sie diesem Mann geopfert.

Arcadio

Carnabuci hatte recht: Fernanda Ponderosa bereute ihre unüberlegte Reaktion vom Vorabend und wollte sich für die kalte Dusche, die sie ihm verpaßt hatte, entschuldigen.

Mit hochrotem Kopf öffnete Arcadio Carnabuci die Tür zu seinem Schlafzimmer und ließ Fernanda Ponderosa, die blaß, aber entschlossen wirkte, eintreten. Das übliche Geplänkel an der Haustür hatten sie sich gespart. Wozu brauchten sie Worte? Sie war zu ihm gekommen. Das war alles, was zählte. Er beobachtete, wie Fernanda Ponderosa ihren Blick durch das Zimmer schweifen ließ. Gott sei Dank hatte er die weise Voraussicht besessen, die Laken zu wechseln. Die wunderschönen neuen machten einen ganz anderen Eindruck. Er hoffte, daß sie beeindruckt war.

Sie sahen einander in die Augen. Arcadio Carnabuci war sich nicht ganz sicher, was er dort erblickte. War es Liebe? Begehren? Lachen? Und was sah sie in seinen Augen? Er kam sich nackt vor, obgleich er vollständig bekleidet war. Ohne den Blick von ihm abzuwenden, begann Fernanda Ponderosa ihre Bluse aufzuknöpfen. Arcadio Carnabuci bekam einen trockenen Mund. Er hatte wenig Erfahrung. In Wirklichkeit hatte er überhaupt keine Erfahrung. Jedenfalls nicht mit anderen Leuten. Natürlich hatte er Handbücher studiert, aber das war nicht dasselbe. Plötzlich geriet er in Panik, weil er nicht wußte, was er tun sollte. Und schlimmer noch, Fernanda würde merken, daß er keine Ahnung hatte. Und sie würde ihn dafür verachten. Sollte er die Flucht ergreifen, jetzt, wo sein Traum dabei war, Wirklichkeit zu werden? Was würde sie von ihm denken? War es schlimmer, sie mit seiner Unbeholfenheit abzustoßen, oder ihr das Gefühl zu geben, daß er sie ablehnte? Er stand kurz vor einem Nervenzusammenbruch.

Dann geschah etwas Unglaubliches. Ohne daß er es bemerkt hatte, war Fernanda Ponderosa aus ihren Kleidern gestiegen, die nun anmutig um ihre Füße herum auf dem Boden lagen. Sie kam auf ihn zu. Näher, als irgend jemand ihm je gekommen war, außer seiner Mutter natürlich und möglicherweise andere Familienmitglieder, als er noch ein kleines Kind war, sein Vater vielleicht oder auch seine Großmutter. Sie kam ihm so nah, daß er sie nicht mehr genau erkennen konnte – er verlor sie aus den Augen –, sie war nur noch eine einzige, große, sonnengebräunte Masse. In dem Augenblick merkte er, daß er seine Brille nicht aufhatte. Wo war sie? Er konnte sich nicht erinnern, sie abgelegt zu haben. Aber das war jetzt auch egal. Nichts spielte eine Rolle außer diesem Augenblick.

Er spürte Lippen auf seinem Mund. Spürte, wie sie flüsterten. Warme, weiche, fleischige Lippen. Er fühlte, wie eine Nasenspitze die seine ganz zart streifte. Die Lippen bewegten sich, immer noch in Kontakt mit den seinen. Sie saugten an seiner Unterlippe, machten sich daran zu schaffen. So etwas hatte er noch nie erlebt. Er wußte nicht, ob es sich schickte, zu atmen. Oder ob es überhaupt möglich war. Doch dann hörte er auf zu denken, und seine Lippen, sein ganzer Mund öffnete sich Fernanda Ponderosas Liebkosungen. Arcadio Carnabuci küßte. Er war tatsächlich dabei, zu küssen. Und allem Anschein nach machte er es sogar richtig.

Ohne sich dessen bewußt zu sein, hatten sie einander eng umschlungen. Er stand auf den Zehenspitzen, versuchte, sich so groß wie möglich zu machen. Falls sie sich zu ihm hinunterbeugen mußte, ließ sie es sich nicht anmerken. Er drückte sie fest an sich. Ihr Duft war überwältigend. Ihr langes, dichtes Haar streichelte seine Arme. Seine nackten Arme. Irgendwie war er nackt. Wie war das geschehen? Er konnte sich an keinen einzigen Augenblick der Unbeholfenheit oder der Verlegenheit erinnern. Kein Verheddern in seinen Hosenbeinen. Keine Schuhe, die sich nicht von den Füßen ziehen ließen, bis die Senkel vollständig gelöst waren. Keine stinkenden Socken. Wie hatte sie das fertiggebracht? Aber was spielte das für eine Rolle? Er spürte ihren Körper an seinem. Um seinen Körper herum. Sie umgab ihn mit Weichheit. Ihre Arme umschlossen ihn. Ihr herrliches Fleisch drückte sich an ihn. Er fühlte ihre weichen Brüste an seiner Brust. Ihre endlos langen Beine an den seinen. Und die ganze Zeit arbeiteten ihre Lippen wie verrückt, versuchten, ihrem Verlangen Ausdruck zu verleihen, das so stark war, daß nichts es zurückhalten konnte. Saugten, knabberten und tasteten sich suchend über unbekannte Gefilde. Ihre Hände waren überall auf ihm. Er wünschte, er wäre dicker, könnte ihr mehr Fläche bieten, um ihre Berührung zu spüren. Ihre kräftigen Finger packten ihn am Gesicht, am Hals, an der Brust, an den Seiten, am Hintern, an den Schenkeln. Ein seltsamer Geruch umgab sie beide wie eine Wolke. Es war ein Geruch, der ihm fremd war. Aber es war der berauschendste Duft, den er sich vorstellen konnte. Es war der Duft ihrer beiden Körper, die miteinander verschmolzen.

Arcadio Carnabuci begann zu heulen wie der Wolf, der hoch oben in den Bergen lebte. Er wußte nicht, wie er diesen Sinnenrausch noch länger aushalten sollte, der so intensiv war, daß es an Folter grenzte.

Draußen im Hof stimmte Max, der Hund, in das Geheul ein, aus Furcht, die Wölfe wären herunter in die Ebene gekommen, um die wenigen Hühner zu stehlen, die sein Herr sich hielt. Der blöde Hund war hartnäckig, und sein Gebell war schrecklich laut.

»Hör nicht auf, ich flehe dich an«, schrie Arcadio Carnabuci über den Lärm hinweg. In seiner Stimme lag die ganze nackte Kraft seiner unterdrückten Leidenschaft. Es war die Stimme eines Gequälten. Und eine ganz andere Stimme als die, mit der er sonst sprach.

Aber Fernanda Ponderosa hatte aufgehört. Arcadio Carnabuci konnte es nicht verstehen. In dem kalten, leeren Augenblick zwischen Schlafen und Wachen war ihm plötzlich klargeworden, daß er von einem Traum genarrt worden war. Max bellte immer noch aus Leibeskräften. Tränen der Wut und Enttäuschung schossen in Arcadio Carnabucis Augen.

Sentimenti italiani

Als er das Licht anschaltete und auf die Uhr schaute, konnte er es nicht fassen. Dann dämmerte ihm die schreckliche Wahrheit. Er hatte länger als vierundzwanzig Stunden geschlafen. Er hatte die ganze Nacht geschlafen und den ganzen Tag, und jetzt war es wieder Nacht. Es waren die Nachwirkungen seines Gesangs, der ihn restlos ausgelaugt hatte. Plötzlich fiel ihm ein, daß er auf der Beerdigung des alten Maddaloni hätte singen sollen, und er geriet in Panik. Wenn er den Termin verpaßt hatte, würde er bald auf seiner eigenen Beerdigung singen können. Doch dann erinnerte er sich, daß die Totenfeier erst am nächsten Tag stattfinden sollte; er hatte sie nicht verpaßt. Gott sei Dank. Dennoch hatte er einen ganzen Tag verpaßt. Ein ganzer Tag mit ihr war ihm geraubt worden. Ein Tag, den er niemals würde aufholen können. Was war in der Zwischenzeit geschehen? Er war rasend vor Eifersucht. Alles konnte passiert sein.

Hätte er nur aus dem Fenster geschaut und gesehen, daß ich dort auf ihn wartete.

Am Tag darauf kreuzten sich erneut die Wege des Doktors und meiner Herrin. Es war eine außerordentliche Glückssträhne für die beiden, sich an zwei Tagen hintereinander zu begegnen. Die Umstände dieser Begegnung allerdings waren nicht die glücklichsten. Es war die Beerdigung des Leichenbestatters Don Dino Maddaloni vom Bestattungsunternehmen Maddaloni. Sein Tod hatte einiges Aufsehen erregt, in erster Linie wohl deswegen, weil niemand damit gerechnet hatte, daß der Bestattungsunternehmer selbst sterben würde. Es war, als wäre er durch seinen Beruf vom Tod befreit. Als Rotarier und Bridge-Spieler genoß er hohes Ansehen in der Stadt, und natürlich war er ein wichtiger Mann in der örtlichen Mafia-Hierarchie.

Concetta Crocetta hatte den Leichenbestatter wegen eines Magengeschwürs behandelt, das ihn in regelmäßigen Abständen in Panik versetzte und hin und wieder eins der üppigen Bankette unterbrach, für die sein Haus berühmt war. Außerdem hatte Concetta Crocetta Don Dinos rechten Fuß mit Breiumschlägen verarztet.

Sentimenti italiani

Doch es waren weder das Magengeschwür noch die Gicht, die ihn dahinrafften. Es war eine Wurst. So hieß es jedenfalls. Es ging das Gerücht, daß die Würste der Metzgerei *Porco Felice*, die Würste, die Primo Castorini mit solch außerordentlicher Sorgfalt herstellte, Don Dino im besten Mannesalter ins Grab befördert hatten.

Natürlich entbehrte dieses Gerücht jeglichen Wahrheitsgehalts. Don Dinos Freunde hatten es in die Welt gesetzt, denn mit Schweinefleisch ließ sich viel Geld verdienen, und die am Stadtrand gelegene, von der Mafia kontrollierte Schweinefleischfabrik Pucillo war darauf aus, die Konkurrenz in den Ruin zu treiben. Die Metzgerei *Porco Felice* war der letzte Familienbetrieb am Ort.

Wie zu erwarten, war das Begräbnis eine bis ins Detail perfekt geplante Veranstaltung. Die Trauer der Witwe Maddaloni wurde überschattet von ihrer Zerknirschung darüber, daß ihr Gatte nicht dabeisein konnte, um seine glorreiche Verabschiedung mitzuerleben. Die sechs Söhne der Maddalonis, Pomilio, Prisco, Pirro, Malco, Ivano und Gaddo trugen den Sarg, und sie marschierten mit der Präzision von Soldaten auf dem Exerzierfeld. Ihre Bewegungen waren so genau aufeinander abgestimmt, daß sie aussahen wie aufgezogene Puppen. Nicht weniger als drei Priester hielten den Trauergottesdienst ab. Es hätte tatsächlich nicht mehr Pomp und Brimborium geben können, wenn man den Bischof persönlich zu Grabe getragen hätte.

Einige empörte Stimmen, die munkelten, die Maddalonis würden mit der übertriebenen, ja, fast pietätlosen Begräbnisfeier ihre Standesgrenzen überschreiten, wurden schnell zum Schweigen gebracht.

Die Weihrauchwolken waren so dicht, daß denjenigen, die nicht aus Trauer weinten, wegen der Schleimhautreizung die Augen tränten und die Nasen liefen. Zahllose Wachskerzen ließen den Kirchenraum heller erstrahlen als den Himmel, und ihr Ruß schwärzte die gewölbte Decke, die extra für den Anlaß frisch geweißt worden war.

Trotz seiner Zurückhaltung und seiner Schüchternheit wurde Arcadio Carnabuci, weil er Don Dino am Palmsonntag so tief beeindruckt hatte, dazu auserkoren, das Ave Maria zu singen. Und um zu verhindern, daß er es sich im letzten Augenblick anders überlegte, wurde er von einem Auto abgeholt und, flankiert von Don Dinos Vettern Selmo und Narno, zur Kirche eskortiert. Man steckte ihn sogar in ein Gewand, das ihm das Erscheinungsbild eines zu groß gewachsenen Chorknaben verlieh.

Was für schreckliche Qualen mußte Arcadio Carnabuci während des Gottesdienstes erleiden. Und die hatten nichts mit Trauer über das Dahinscheiden von Don Dino zu tun. Er konnte an nichts anderes denken als daran, daß er Fernanda Ponderosa unbedingt wiedersehen mußte, um alle Mißverständnisse aus dem Weg zu räumen und ihr, wenn möglich, einen Heiratsantrag zu machen. Statt dessen mußte er auf einer Beerdigung singen. Natürlich konnte er sich unmöglich weigern. Falls er versuchte, seinen Willen durchzusetzen, würde der Olivenhain der Familie Carnabuci in Flammen aufgehen, das wußte er nur zu gut. Aber die Ungerechtigkeit all dessen machte ihn zutiefst verbittert. Er konnte es nicht erwarten, daß die Zeremonie endlich vorbei war und er sich so schnell wie möglich auf den Heimweg machen konnte.

Mitten in all dem Zeremoniell, in einem Dunst aus Weihrauch, entdeckte Doktor Croce die Gestalt meiner Herrin in einer Kirchenbank ein paar Reihen hinter ihm. Durch einen glücklichen Zufall war er pünktlich erschienen. Sie nickten einander zu, und als die Trauerfeier schließlich zu Ende war, nachdem sie sich drei Stunden lang Lobreden angehört, Kirchenlieder gesungen und die Messe über sich ergehen lassen hatten, trafen sie sich im Seitenschiff.

Vor Verlegenheit errötend, sprudelten sie gleichzeitig drauflos, um die peinliche Situation zu überspielen.

»Netter Gottesdienst«, sagte sie.

»Prachtvolles Begräbnis«, sagte er.

Ihre Worte kollidierten in der schweren Luft, gerieten durcheinander, so daß sie beide kichern mußten und sich ängstlich umsahen, besorgt, daß andere Gemeindemitglieder sie gehört haben könnten.

Sie schauten einander in die Augen, eine Ewigkeit lang, so schien es ihnen, obgleich es wahrscheinlich nur ein paar Sekunden waren.

»Weitergehen«, sagte jemand hinter ihnen.

Der Doktor spürte einen Ellbogen im Rücken.

»Im Seitenschiff geht's nicht weiter.«

»Nicht drängeln.«

»Immer mit der Ruhe, ja?«

»Ich krieg keine Luft in dem Geschiebe.«

»Bitte weitergehen.«

Der Druck des Menschenstroms riß sie auseinander. Wie das Wasser der Gezeiten schoben die Körper der

Trauernden sich zwischen sie. Der Augenblick war vorbei. Von weitem schauten sie einander an. Keinem von beiden gelang es, dem Strom zu entkommen. Da – formten die sinnlichen Lippen des Doktors ein Wort, das der Schwester galt? Sie reckte den Hals, um besser sehen zu können, aber es hing zuviel Rauch in der Luft, und jetzt, wo die Kerzen heruntergebrannt waren, war es zu dunkel. Hatte er etwas gesagt? Er spürte den warmen Blick ihrer sanften braunen Augen immer noch auf sich. Später, als er seine Augen schloß, konnte er ihre immer noch sehen.

Draußen angelangt, wurden beide von aufdringlichen Wichtigtuern in Gespräche verwickelt. Policarpo Pinto wollte über seine entzündeten Ballen reden. Filiberto Carofalo wollte ein Heilmittel für die schlimmen Warzen, die ihm das Leben schwermachten. Fedra Brini führte Concetta Crocetta vor den Augen der gesamten Gemeinde ihre Cellulitis vor.

In dem allgemeinen Durcheinander wurden sie voneinander getrennt, obwohl sie nicht abließen, einander in der Menschenmenge mit den Augen zu suchen, aber das Objekt ihrer jeweiligen Begierde blieb verschwunden.

Kaum war

es Arcadio Carnabuci gelungen, sich durch die dichte Menge der Gläubigen zu schieben und sein Chorknabengewand abzuwerfen, rannte er zum *Porco Felice*, wo die Frau seiner Träume, wie er zu seinem großen Kummer erfahren hatte, neuerdings arbeitete. Er wußte, was für ein Mensch der Metzger war, und er mochte ihn überhaupt nicht. Arcadio würde sie bitten, die Stelle so bald wie möglich aufzugeben.

Fernanda Ponderosa war allein im Laden, da Primo Castorini geschäftlich unterwegs war. Am frühen Morgen war ihm mit der Post der Kopf eines seiner eigenen Schweine geliefert worden, dazu eine Karte mit den Worten: »Don Dinos Tod wird gerächt«. Der Metzger war sich natürlich der Gefahr bewußt, die es mit sich brachte, wenn man sich der Mafia widersetzte, aber er hatte nicht vor, sich einschüchtern zu lassen. Er hatte sich auf den Weg zu Pucillos Schweinefleischfabrik gemacht, um zum Thema Würste mit dem Chef Klartext zu reden. Seine Würste waren unschuldig, und jeder, der das Gegenteil behauptete, würde Ärger mit ihm bekommen.

Kaum hatten die Glocken des ehrwürdigen Campanile das Ende der Trauerfeier verkündet, sah Fernanda Ponderosa, wie der Mann, der ihr am Abend ihrer Ankunft ein Ständchen gebracht hatte, den Laden betrat. Sie wußte, daß er es war. Sie erkannte seine Hände auf der Stelle. Groß wie Schaufeln, grobschlächtig und gänzlich unproportioniert im Vergleich zu seinem schmächtigen Körper. Sie betrachtete den Mann mit zusammengekniffenen Augen. Er sollte bloß nicht auf die Idee kommen, zu singen, dann würde sie ihn sofort an die Luft setzen. Was wollte er?

»Signore?« fragte sie in schneidendem Ton, um ihn einzuschüchtern.

Gott, ist sie hinreißend, dachte Arcadio. Ihre Latzhose war auf mysteriöse Weise verschwunden, und statt dessen trug sie ein enges, rotes Kleid, das ihre Kurven zur Geltung brachte und ihn völlig verwirrte.

Die Rede, die Arcadio Carnabuci sich, seit er aus seinem Traum erwacht war und in einer weniger präzisen Version seit zwanzig Jahren immer und immer wieder im stillen aufgesagt hatte, war augenblicklich vergessen.

Jetzt, im hellen Tageslicht, erblickte er Fernanda Ponderosas wahre Schönheit. Als sie in der Nacht auf dem Balkon stand, beleuchtet nur von einer schwachen Laterne, hatte er lediglich einen unvollständigen Eindruck von ihr gewonnen, doch jetzt fühlte er sich wie geblendet von ihrer umwerfenden Erscheinung. Ihre Zähne waren prachtvoll. Riesig. Wie die eines Pferdes. Fernanda Ponderosa, die Verkörperung seiner fiebrigen Träume, umgeben von Schweinsfüßen und geräucherten Schinken, leibhaftig vor sich zu sehen, war für ihn wie ein Schlag in die Magengrube.

Er spürte, wie er schwankte. Seine Beine versagten ihm ihren Dienst. Sie schienen ihn nicht mehr tragen zu können. Plötzlich war es unerträglich heiß. Er wußte, daß er rot anlief. Er geriet in Panik. Wie sollte er ihr hier in der Schweinemetzgerei sein Herz ausschütten? Es gab so vieles, was er ihr sagen wollte. Er war überwältigt von der Macht seiner Gefühle.

Sollte er es vielleicht ganz anders machen und einfach singen? Das Singen hatte ihm schon immer mehr gelegen als das Reden. Der Augenblick zog sich in die Länge wie Gummi. Beiden war die Peinlichkeit der Situation bewußt. Fernanda Ponderosas Augen verschossen Pfeile und Blitze. Warum sagte er nichts?

»Ja?« sagte sie noch einmal.

Er bewegte die Lippen, aber kein Wort fand seinen Weg aus dem Wirrwarr seines Hirns. Wie ein Fisch öffnete und schloß er mehrmals den Mund, um den Sprechprozeß in Gang zu bringen und die nötigen Synapsen miteinander zu verbinden.

»Schinken«, war alles, was er schließlich hervorbrachte. Sein Kehlkopf schmerzte von der Anstrengung, die ihn dieses eine Wort gekostet hatte.

Die Krise war vorüber. Die Spannung, die in der Metzgerei in der Luft gelegen hatte, ließ ein wenig nach, aber nicht genug, als daß die beiden sich hätten wohl fühlen können.

»Welche Sorte?« kam die knappe Gegenfrage.

Arcadio Carnabuci konnte nur mit einem seiner dikken bläulichen Finger auf den Schinken zeigen, der direkt über Fernanda Ponderosas Kopf hing. Die Hand, groß und haarig, befand sich genau vor ihren Augen. Sie war widerwärtig. Ihre Abscheu hätte nicht offensichtlicher sein können, aber Arcadio Carnabuci war unfähig, das zu erkennen. Er hatte sein Drehbuch, und daran hielt er sich. In ihren giftsprühenden Augen konnte er nichts als Liebe entdecken. Eine embryonale Liebe, das mußte er zugeben, aber sie war da. Es konnte nicht anders sein.

Fernanda Ponderosa langte nach oben und nahm den Schinken vom Haken. Fasziniert schaute er ihr zu. Sie spürte seinen Blick, ihm brach der Schweiß aus. Sie wurde rot vor Wut, er errötete. Sie wickelte den Schinken in braunes Papier und schob ihn über die Theke.

»Fünfzig«, sagte sie.

Er fischte einen zerknitterten Geldschein aus seiner Hosentasche und hielt ihn ihr hin. Sie betrachtete den Geldschein, als wäre er verseucht. Vorsichtig, mit spitzen Fingern, nahm sie ihn aus Arcadios Hand, ließ ihn angewidert in die offene Schublade der Registrierkasse fallen und schlug sie zu. Dann machte sie sich hinter der Theke zu schaffen, kramte Krüge und Gläser um und wischte die makellos glänzende Oberfläche mit einem Tuch ab. Arcadio Carnabuci suchte verzweifelt nach einem Vorwand, um noch länger in der Metzgerei zu bleiben, doch irgendwann verstand er den Wink mit dem Zaunpfahl, nahm seinen Schinken, murmelte »Guten Tag« und verließ den Laden.

Anstatt seinen Gruß zu erwidern, nahm Fernanda Ponderosa eine Flasche Desinfektionsmittel und ging damit

Sentimenti italiani

zu der Stelle an der Theke, die durch die Berührung seiner Hände verunreinigt worden war.

Er hatte sich dreiundzwanzig Minuten lang in der Metzgerei aufgehalten, und ganze sieben Worte waren zwischen ihnen ausgetauscht worden. Draußen auf der Straße hätte Arcadio Carnabuci sich am liebsten umgebracht.

Vor den Augen der Passanten schlug er seinen Kopf immer wieder gegen die Bäckerei Bordino.

Policarpo Pinto und Sebastiano Monfregola sahen einander kopfschüttelnd an.

»So ergeht es einem Mann, der zu lange allein lebt«, bemerkte Policarpo weise.

»Er sollte sich eine Frau nehmen«, pflichtete Sebastiano ihm bei.

»Aber welche Frau würde ihn nehmen?« rief Luca Carluccio, der runzlige Schuster, der auf der gegenüberliegenden Straßenseite in der Tür seiner Werkstatt stand und das Spektakel amüsiert beobachtete.

»Hab gehört, er hat sich neue Laken gekauft ...«

»Der ist am Durchdrehen, keine Frage.«

Susanna Bordino kam aus der Bäckerei geflitzt, um sicherzustellen, daß das Gebäude, das, wie sie es sich geschworen hatte, bald ihr gehören würde, keinen Schaden nahm.

»Hey«, bellte sie meinen unglücklichen Olivenbauern an. »Schlag dir den Kopf am Haus von jemand anderem ein. Mit so einem Holzkopf gegen eine Wand zu rennen, das reicht ja, um ein Erdbeben auszulösen ...«

Arcadio, benommen von seiner Unfähigkeit und von den Schlägen, die er sich selbst versetzt hatte, zog sich zurück in seinen Olivenhain, wo er den Bäumen sein bitteres Geheimnis anvertraute. Das Gespräch, wenn man es denn so nennen konnte, war nicht erfolgreich verlaufen, das war ihm klar. Beim Formulieren seiner vortrefflichen Rede hatte er seine Nervosität nicht in Betracht gezogen, und das war ein fataler Fehler gewesen. Er hatte seine eigenen, sorgfältig ausgearbeiteten Pläne sabotiert. Wie er seine selbstzerstörerischen Triebe verfluchte!

Ich stand hinter der leise raschelnden Hecke am Rand des Olivenhains und beobachtete ihn. Tränen verschleierten mir den Blick. Zu meiner Schande muß ich gestehen, daß meine Herrin gezwungen war, zu Fuß zu der Trauerfeier zu gehen, da sie mich am Morgen nicht im Stall vorgefunden hatte.

Nachdem Arcadio Carnabucis Tränen aufgebraucht und im Boden seines Olivenhains versickert waren, Tränen, die seinem berühmten Olivenöl später eine zusätzliche Würze verleihen sollten, und nachdem die milde Luft des Olivenhains ihn beruhigt hatte, versuchte er, wie eine Elster, die glitzernden Scherben der Hoffnung vom Abfallhaufen seiner Verzweiflung zu klauben.

Trotz seiner abermaligen Niederlage wußte er, daß Fernanda Ponderosa zu ihm gehörte, zu ihm allein. Morgen würde er sich adrett herausputzen – keine halben Sachen mehr – und der Metzgerei einen weiteren Besuch abstatten. Und diesmal würde er Fernanda Ponderosa seine Liebe erklären und ihr Herz erobern.

TEIL DREI

Das Wachstum

Als Arcadio Carnabuci am folgenden Morgen sein Spiegelbild in der blitzblanken Schaufensterscheibe der Metzgerei erblickte, hätte er sich beinahe selbst nicht erkannt. Er hatte sich entschlossen, seine Brille zu Hause zu lassen, und ohne sie konnte er nur wenig sehen. Ohne sie machte sein Gesicht einen ganz anderen Eindruck. Es wirkte irgendwie falsch, und sogar Leute, die ihm noch nie zuvor begegnet waren, erkannten, daß in seinem Gesicht etwas fehlte.

Es dauerte einige Sekunden, bis er sich mit dem adrett gekleideten Herrn identifizieren konnte, den er da im Spiegel sah, dem Herrn mit dem pomadisierten schwarzen Haar und der roten Nelke im Knopfloch.

Dem Anzug sah man deutlich an, daß er über längere Zeit die einzige Nahrungsquelle für die Mottenfamilie gewesen war, die in Arcadio Carnabucis Kleiderschrank wohnte und mit Entsetzen hatte mit ansehen müssen, wie das gute Stück vom Bügel genommen und aus dem Schrank entfernt wurde. »Bis zum Mittagessen wird er wieder dasein, meine Kleinen«, versuchte die Mutter in

Sentimenti italiani

dem Bemühen, zuversichtlich zu klingen, ihre hungrigen Sprößlinge zu trösten, doch die Aussicht auf einen ganzen Vormittag ohne Frühstück war bitter.

Die Länge der Hose entsprach nicht mehr der neuesten Mode, denn inzwischen durfte zwischen Saum und Schuh nichts mehr von den Socken zu sehen sein. Doch nachdem Arcadio Carnabuci sich erkannt und seine Verblüffung sich so weit gelegt hatte, daß seine Augenbrauen wieder ihre gewohnte Position in seinem Gesicht eingenommen hatten, war er voller Stolz über sein raffiniertes Vorgehen.

Er kramte in seiner Hosentasche nach der Karteikarte, auf der er sich die wichtigsten Schritte notiert hatte; diesmal würde er nicht zulassen, daß seine Nerven ihm einen Strich durch die Rechnung machten. Den ganzen Abend lang hatte er über der Formulierung seiner Aufzeichnungen gebrütet. Die Packung mit den hundert Karteikarten, die er für diesen Zweck im Schreibwarenladen in der Via Battista erstanden hatte, war schnell zu einem Haufen zerknüllten Papiers unter seinem Tisch geworden. Als er sich die allerletzte Karte vornahm, war ihm klar, daß er es diesmal richtig hinbekommen mußte. Es hieß jetzt oder nie. Keine Fehler mehr. Seine Hand, ziemlich frustriert darüber, daß keinerlei Anweisungen von ihm kamen, nahm den Stift, und Arcadio konnte nur noch zusehen, wie sie in ungelenken Buchstaben die folgenden Worte niederschrieb:

»Fernanda Ponderosa, ich liebe dich. Sei die Meine.«

Er las die Worte sorgfältig und überlegte, ob sie eine verborgene Botschaft enthalten konnten. Aber sie waren einfach und direkt. Nicht übertrieben und auch nicht verschwommen. Zwar sprach aus ihnen nicht unbedingt der Überschwang seiner Gefühle, den er gern zum Ausdruck gebracht hätte, aber alles in allem waren die Sätze trefflich formuliert, und er beschloß, das eigenständige Handeln seiner Hand als gutes Omen zu betrachten. Er schaltete die Lampe aus, legte sich ins Bett und versuchte vergeblich, von Fernanda Ponderosa zu träumen. Ein nebelhaftes Abbild von ihr schwebte irgendwo über ihm, aber jedesmal, wenn er es ergreifen wollte, war es verschwunden.

Am nächsten Morgen kündigte das dumpfe Läuten der Kuhglocke über der Eingangstür wieder einmal Arcadio Carnabucis Anwesenheit in der Metzgerei an. Kaum hatte er den Verkaufsraum betreten, hielten seine schwachen Augen Ausschau nach Fernanda Ponderosas stattlicher Gestalt.

Alles, was er erkennen konnte, waren lauter rosafarbene Gebilde, die ihn irritierten, bis ihm klar wurde, daß es die Schinken waren, die seine Kurzsichtigkeit ganz verschwommen erscheinen ließ. Eine laut dröhnende Stimme ließ ihn schuldbewußt zusammenfahren. Es war nicht die Stimme von Fernanda Ponderosa. Nein. Das war Primo Castorini.

»*Salve*, Arcadio Carnabuci.«

Auch diesmal wieder öffnete und schloß sich der Mund des Olivenbauern wie der eines Fischs. Das war nicht das, was er erwartet hatte.

Primo Castorini fielen sofort die Veränderungen an Arcadio Carnabuci auf, und seine Eifersucht erhob sich wie eine Kobra, die bereit ist zum Angriff.

»Na, Herr Nachbar«, polterte er. »In Ihrem Aufzug

hätte ich Sie fast nicht erkannt. Hat es wieder einen Todesfall gegeben? Sind Sie auf dem Weg zu einer Beerdigung, um dort zu singen? Was ist mit Ihrer Brille passiert? Hatten Sie einen Unfall?«

Diese Fragen brachten Arcadio Carnabuci noch mehr aus dem Konzept. Sein Blick wanderte unruhig über die Regale mit den eingelegten Gurken, die lebendig zu sein schienen und fortwährend ihre Gestalt änderten, suchte verzweifelt nach der Selbstsicherheit, mit der er den Laden betreten hatte, und nach der abwesenden Fernanda Ponderosa.

»Sind Sie krank? Soll ich Concetta Crocetta rufen?«

Arcadio Carnabucis Finger ertasteten die Karteikarte in seiner Hosentasche. Doch die Karte nützte ihm jetzt auch nichts. Schließlich, nach unerträglich langem Schweigen, als Primo Castorinis undeutliche Gestalt sich in Richtung Tür bewegte, um Hilfe zu holen, wurde Arcadio klar, daß er irgend etwas sagen mußte, wenigstens ein Wort. Endlich, voller Verzweiflung, wie ein Zauberer, der kein weißes Kaninchen aus dem Hut zaubert, schrie er:

»SCHINKEN!«

Es kam viel zu laut heraus. Vor allem nach der vorausgegangenen Stille. Aber nun war es draußen, das Wort hatte ihn erlöst. Diese zwei Silben enthielten alle Qual, allen Schmerz, alles Verlangen, alles Leid und alle Sehnsucht der Welt.

Diesmal war Primo Castorini derjenige, der zusammenzuckte. Einen Augenblick lang verlor sein massiger Körper den Kontakt zum Boden unter seinen Füßen. Er drehte sich um und schaute Arcadio Carnabuci mit anderen Augen an. Hatte der diesen Schrei ausgestoßen? So etwas hatte Primo Castorini noch nie gehört. War dieser Knilch in der Lage, solche Laute von sich zu geben? Hatten Primo und alle anderen in der Gegend Arcadio Carnabuci die ganze Zeit unterschätzt? War diese erbärmliche Maus wirklich ein Mann?

Primo Castorini ging zurück und musterte Arcadio Carnabuci von oben bis unten, versuchte, an diesem elenden Schlappschwanz eine Spur von Leidenschaft zu entdecken, die ihn befähigte, einen solchen Schrei von sich zu geben. Es gelang ihm nicht. Arcadio Carnabuci starrte verlegen auf die leicht mit Sägemehl bedeckten Steinfliesen und trat von einem Fuß auf den anderen, weil seine Schuhe ihn so fürchterlich drückten. Die Schuhe hatte er seit der Beerdigung seiner Mutter vor zweiundzwanzig Jahren zum ersten Mal aus der Schachtel genommen. Sie hatten damals gedrückt, und das taten sie auch heute noch.

»Haben Sie ›Schinken‹ gesagt?« fragte Primo Castorini ungläubig.

Arcadio Carnabuci nickte kläglich.

Primo Castorini nahm einen Schinken vom Haken, trug ihn wie ein neugeborenes Baby – mit liebevoller Zärtlichkeit und voller Angst, ihn fallen zu lassen – zur Theke und wickelte ihn sorgsam in Wachspapier ein. Es kam ihm vor wie eine ungeheure Verschwendung, so einem Trottel einen seiner wundervollen Schinken zu überlassen, aber Geschäft ist Geschäft, sagte er sich. Sentimentalitäten konnte er sich nicht leisten.

»Sie scheinen neuerdings einen großen Bedarf an Schinken zu haben, Arcadio Carnabuci«, sagte er düster. »Fernanda Ponderosa hat Ihnen doch erst gestern einen verkauft, stimmt's?«

Als er den Namen seiner Göttin, seiner Angebeteten, seiner Muse, seiner großen Liebe vernahm, zuckte Arcadio Carnabuci zusammen, als hätte ihn ein elektrischer Schlag getroffen, und er hatte Mühe, sich auf den Beinen zu halten, denn am liebsten hätte er sich zu Boden geworfen und geweint.

»Sie möchten es doch sicherlich nicht übertreiben, oder?« fuhr Primo Castorini ruhig fort, während er das Paket säuberlich mit einem Stück Kordel verschnürte, das er mit einem riesigen Messer abschnitt, und zwar mit einem viel größeren Messer, als nötig gewesen wäre, um ein Stück Kordel zu durchtrennen. Der Blick, der dabei in seinen animalischen Augen lag, erfüllte Arcadio Carnabucis Herz mit Furcht. Hatte die Frage wirklich wie eine Drohung geklungen, oder waren es nur seine wie Violinensaiten gespannten Nerven, die ihm das vorgaukelten?

Arcadio Carnabuci schaffte es, einen Geldschein über die Theke zu reichen und den Schinken entgegenzunehmen, der so schwer war, daß er ihn kaum halten konnte. Als er aus dem Laden schlurfte, war er nicht mehr derselbe Mensch, der die Metzgerei vier Minuten zuvor keck und zuversichtlich betreten hatte. In diesen vier Minuten schien er um vierzig Jahre gealtert zu sein. Er war ein gebrochener Mann, und er wirkte erbarmungswürdig mit seiner Pomade und dem Sträußchen im Knopfloch und in seinem feinen Anzug, den kein Mann in der ganzen Gegend jemals für die *Poveri* zu spenden gewagt hätte.

Als er aus der Tür trat, wäre er beinahe von Fernanda Ponderosa umgerannt worden, die unterwegs gewesen war, um Besorgungen zu machen. Sie betrachtete ihn, als wäre er ein Stück Hundekot, in das sie getreten war. Bevor er dazu kam, sich dafür zu entschuldigen, daß er unter ihre Füße geraten war, verschwand sie im Laden und schlug die Tür hinter sich zu.

Susanna Bordino, die nach einem Kontrollbesuch von Signor Cocozza vom Gesundheitsamt gerade dabei war, ihr Schaufenster zu wienern, warf Arcadio Carnabuci einen Blick zu, der das Brot im Ofen der Bäckerei hätte verbrennen können. Anschließend rief sie ihren Gatten Melchiore und ihren Schwiegervater Luigi und alle Leute herbei, die darauf warteten, daß das Brot heiß und knusprig und himmlisch duftend aus dem Rohr gezogen wurde, damit sie sich alle selbst ein Bild von Arcadio Carnabucis seltsamem Aufzug machen konnten. Luigi Bordino wußte instinktiv, warum Arcadio Carnabuci sich wie ein Clown herausgeputzt hatte, und in den normalerweise ruhigen Gewässern seiner Seele begann die Eifersucht zu blubbern wie gärende Hefe.

In seinem verwirrten Zustand zog Arcadio Carnabuci nicht einmal in Erwägung, mit dem Kopf gegen die Wand der Bäckerei zu rennen, sondern starrte ausdruckslos die vielen Gesichter im Schaufenster an, die ihn ihrerseits betrachteten. Es war pures Glück, daß die Brote im Ofen nicht verbrannten, denn Luigi Bordino war ebenso fasziniert von meinem armen Arcadio wie die anderen.

Alle verharrten in Reglosigkeit, bis der strahlende Maihimmel aufbrach und trotz der Hitze dicke Regentropfen aus großer Höhe herunterfielen, die Arcadio

Carnabuci das ölige Haar auf den Skalp klatschten und seinen mottenzerfressenen Anzug augenblicklich durchnäßten.

In jenen Minuten, die ihm wie eine Ewigkeit vorgekommen waren, glaubte Arcadio Carnabuci, er sei gestorben und in der Hölle gelandet. Dennoch rührte er sich nicht von der Stelle, als hätte er wie ein Baum Wurzeln geschlagen. Schließlich, als das Regenwasser in Strömen über sein Gesicht lief und in seine Augen drang, so daß er noch weniger sah, wurde ihm klar, daß er ein schützendes Dach aufsuchen mußte, und er humpelte langsam nach Hause, tief gebeugt unter dem Gewicht des Schinkens und der Last seines Elends.

In der warmen, vom Duft der frischgebackenen Laibe erfüllten Bäckerei erwachten die Leute wieder zum Leben wie Schauspieler auf der Bühne. Luigi Bordino hatte im letzten Augenblick an die Brote gedacht. Um die Wahrheit zu sagen, die Kruste war ein bißchen dunkler geworden als normalerweise. Melchiore machte sich wieder daran, seine *Pasticcini* mit Zuckerguß zu überziehen, während Susanna lauthals über Arcadio Carnabuci herzog.

Kaum hatte Arcadio Carnabuci, der Anlaß des Spektakels, seine Haustür erreicht, hörte es so plötzlich auf zu regnen, als hätte jemand den himmlischen Wasserhahn abgedreht. Sämtliche Regenwolken verschwanden spurlos, die Sonne brannte glühend heiß, und innerhalb weniger Sekunden war jede Pfütze ausgetrocknet. Einzig der völlig durchnäßte Arcadio Carnabuci erinnerte noch an den Wolkenbruch. Zu seiner Ehre sei gesagt, daß er nicht weinte.

Der vom Regen durchtränkte Anzug war so schwer wie eine Ritterrüstung. Die rote Nelke im Knopfloch war ertrunken. Die Karte in Arcadios Jackentasche, auf der er sich seine Stichworte notiert hatte, war zu Brei aufgeweicht, die wertvolle Botschaft hatte sich zu einem Tintenklecks aufgelöst. Ohne nachzudenken, zog Arcadio Carnabuci Jacke und Hose aus. Der stockige Mief wurde jetzt überlagert von dem Gestank nach nassem Hund, der dem nassen Wollstoff entströmte. Er ließ seine Sachen im Flur liegen, wo er sie ausgezogen hatte. Sie waren so steif vor Nässe, daß sie fast aufrecht stehenblieben. Der Anzug hatte sich als sein Feind erwiesen. Unfairerweise machte Arcadio Carnabuci ihn für das Unglück verantwortlich, das ihm an diesem Morgen zugestoßen war.

Den Schinken schleppte er in seine kleine Küche, die jetzt von seinem Versagen und seiner Enttäuschung überschattet war. Wie anders wirkte sie doch als die helle, einladende Küche, die er kurz zuvor verlassen hatte. Er setzte seine Brille auf, die Brille, die er aus Eitelkeit nicht getragen, sondern neben der Kaffeetasse mit dem Rest Kaffee hatte liegenlassen, den er vor lauter Ungeduld nicht ausgetrunken hatte. Die braune Flüssigkeit sah aus, als stünde sie schon seit Jahren dort. Er setzte sich an den Tisch und betrachtete sein Spiegelbild in dem kaleidoskopischen Film auf dem kalten Kaffee. Seine ängstlich aufgerissenen Augen starrten ihn vorwurfsvoll an.

»Du Narr«, sagten sie zu ihm.

Ja, er war ein Narr. Ein alter Narr.

In der Metzgerei war Fernanda Ponderosa dabei, zu putzen und zu wienern. Sie schnitt Schinken in Scheiben, verpackte Würste, dekorierte Schweinsköpfe, füllte Regale und bediente die Kundschaft mit einem Stolz, der sie noch einmal so schön wirken ließ. Noch nie war der Laden so voll gewesen. Sämtliche Männer aus der ganzen Gegend hatten sich heute eingefunden, und Primo Castorini wußte, daß es nicht seine Würste waren, die sie anlockten.

Luigi Bordino hatte in Fernanda Ponderosa seine Muse gefunden. Inspiriert von ihrer Vorliebe für Affen, hatte er ihr aus Brotteig eine lebensgroße Kopie von Oscar gebacken. Als nächstes brachte er ihr winzige, frischgebackene Schildkröten. Fernanda Ponderosa behandelte Luigi Bordino wie eins ihrer Haustiere und lachte über seine Versuche, sich bei ihr einzuschmeicheln. Woraufhin er um sie herumtollte wie ein Welpe.

Nicht alle fanden das zum Lachen. Susanna in der Bäckerei nebenan hatte vor Wut Schaum vor dem Mund. Ihr närrischer Schwiegervater führte sich auf wie ein verliebter Teenager, und sie wußte nicht, was sie dagegen unternehmen sollte. Die feinen Härchen an Melchiores Ohren waren schon bald versengt von ihrem wüsten Geschimpfe. Obwohl ihre Väter, ihre Großväter, ja, alle ihre Vorfahren nicht nur Nachbarn, sondern Freunde gewesen waren, war Primo Castorini drauf und dran, Luigi Bordino mit dem großen Messer die Kehle durchzuschneiden. Er würde es tun, wenn diese Narretei nicht bald ein Ende nähme. Ja, er würde ihn abstechen wie ein Schwein. Ihn ausbluten lassen, ihn an einen Haken hängen, seine Eingeweide in einem Eimer auffangen und ihn zu Wurst verarbeiten. Er würde es tun, und zwar bald. Herr im Himmel, es war zum Verrücktwerden.

Den ganzen Tag lang grübelte er vor sich hin. Er zog in Erwägung, die Metzgerei zu schließen, um sich die Leute vom Hals zu halten. Er konnte es nicht ertragen, wenn andere Männer sie anstarrten. Jeden lüsternen Blick empfand er als persönlichen Affront. Wen scherte es, wenn das Geschäft zum Teufel ging? Ihm war es schnuppe. Es interessierte ihn nicht mehr. Er wollte sie nur noch anschauen, sonst nichts.

Ja, Fernanda Ponderosa trieb ihn in den Wahnsinn. Sie hatte vollkommen von ihm Besitz ergriffen. Ungläubig blickte er zurück auf die vergangenen achtundvierzig Stunden. Er kannte sich selbst nicht mehr wieder. Er war nicht mehr Primo Castorini, der Schweinemetzger. Er war ein anderer Mensch geworden. Aber wer war er? Er wußte es nicht.

Doch sie nahm keine Notiz von ihm. Überhaupt keine. Warum nur? Eine solche Behandlung war er nicht

Sentimenti italiani

gewohnt. Die Frauen in der ganzen Gegend pflegten ihm schöne Augen zu machen. Nicht wenige wetteiferten um seine Gunst. Sein männlicher Stolz war gekränkt. Was stimmte nicht an ihm, daß er eine solche Mißachtung erfuhr und jeder andere Narr ihm vorgezogen wurde?

An jenem Abend war er bei der charmanten Witwe Filippucci zu Besuch, einer seiner Freundinnen, mit der er sich, bevor sein Leben sich auf so katastrophale Weise verändert hatte, sehr gern hin und wieder ein paar Stunden lang vergnügt hatte. Aber jetzt konnte er seine Gedanken einfach nicht von Fernanda Ponderosa losreißen.

Selbst als die Witwe die Gitarre spielte und Liebeslieder sang, selbst als sie für ihn nackt den Paradiesvogeltanz tanzte, selbst als sie die Tantra-Yoga-Stellungen einnahm, die sie extra für diese Gelegenheit eingeübt hatte, verfluchte er sie dafür, daß sie nicht Fernanda Ponderosa war. Wie konnte irgendeine Frau sich mit ihr messen? Die Witwe war dumm genug, es zu versuchen. Er war nicht nur gelangweilt. Er war angewidert.

Nachdem er das Boudoir der Witwe verlassen hatte, stapfte Primo Castorini wütend durch die Straßen. Er wußte nicht, wohin er ging oder was er tun wollte. Seine Stiefel malträtierten den Gehsteig. Diejenigen, die ihn sahen, fürchteten, er könnte ein Erdbeben oder zumindest einen Erdrutsch auslösen. In der Vergangenheit hatten schon geringere Erschütterungen ausgereicht, denn die Stadt war auf einem Riß in der Erdkruste erbaut, und es war schon vorgekommen, daß das allzu energische Aufschlagen eines hartgekochten Eis eine Katastrophe verursacht hatte.

Primo Castorini kümmerte das nicht. Mochten seine Schritte ein Erdbeben auslösen. Mochte er sterben. Mochten sie alle sterben. Alles war ihm lieber, als weiter in diesem Elend zu leben. Tief in seinem Innern spürte er ein Brennen, das ihn verzehrte. Er bewegte sich steif, verkrampft, bemüht, jeden einzelnen seiner Muskeln unter Kontrolle zu halten, doch es gelang ihm nicht, das Bohren, das Nagen, das Zehren, das Zwicken und Kneifen, das Pulsieren, den Schmerz, ja, den Schmerz zu lindern, der ein Leck in ihm geschlagen hatte, aus dem es wie eine reißende Flut sprudelte.

Meine Herrin, die Primo Castorini zufällig begegnete, zwinkerte ihm zu und reichte ihm eine Tube Salbe.

»Reib dich damit ein«, riet sie ihm freundlich. »Das hilft.«

Aber Primo Castorini wußte, daß keine Medizin ihm helfen konnte. Fernanda Ponderosas Gesicht ging ihm nicht mehr aus dem Sinn. Obgleich sie Silvana auf den ersten Blick ähnlich sah, wußte er, daß die Schwestern sich keinesfalls glichen. Silvana war gewöhnlich. Zwar besaßen sie unbestreitbar die gleichen Gesichtszüge, aber als Fernanda Ponderosa Gestalt angenommen hatte, mußte irgendeine Art von Hexerei im Spiel gewesen sein. Ihr Körper, ihre Haltung, ihr Gang, alles war dazu angetan, einen Mann um den Verstand zu bringen. Und Primo Castorini wünschte sich nichts sehnlicher, als sich von ihr um den Verstand bringen zu lassen.

Warum war sie so vollkommen verschlossen? Er hatte versucht, sie in Gespräche zu verwickeln, ihr etwas zu entlocken. Schließlich waren sie mehr oder weniger Verwandte. Während der beiden qualvoll herrlichen Tage, an denen sie Seite an Seite gearbeitet hatten, hatte sie nichts preisgegeben. Nichts Persönliches. Das war unheimlich. Was hatte sie zu verbergen? Was für ein Spiel spielte sie? Wer war sie? Was war sie? Was für eine Vergangenheit hatte sie? Was für eine Zukunft?

Sollte er jetzt gleich zu ihr gehen? Sich ihr zu Füßen werfen? Sie aufs Bett stoßen und ihr zeigen, was ein richtiger Mann war? Nur eins hielt ihn davon ab: Er konnte nicht riskieren, daß sie ihn ablehnte. Alles würde er ertragen können, nur das nicht. Das würde sein Ende bedeuten. Er sehnte den nächsten Tag herbei, um wieder mit ihr zusammenzusein. Um sich an ihrer Schönheit zu weiden, sich an ihrem Duft zu laben, ihren Körper in seiner Nähe zu spüren. Wie sollte er die langen Stunden der Nacht durchstehen?

Gegen seinen Willen trugen seine Beine ihn zu dem Haus, in dem er aufgewachsen war. Er wollte nur einen kurzen Blick auf sie erhaschen, mehr nicht. Aber im ganzen Haus brannte kein einziges Licht. Es wirkte menschenleer. Augenblicklich beschwor seine Eifersucht die schauerlichsten Bilder herauf: Fernanda Ponderosa, wie sie mit einem geheimnisvollen Fremden im *Ristorante Benito* bei Kerzenlicht speiste, im *Divina* Tango tanzte, oder noch schlimmer, wie sie in einem runden, mit schwarzen Satinlaken bezogenen Bett in den Armen eines anderen lag.

Aber Fernanda Ponderosa war nicht mit einem anderen Mann ausgegangen, selbstverständlich nicht. Nichts lag ihr ferner, als ein romantisches Abenteuer zu suchen. Sie saß in der alten Küche der Castorini und trank eine Tasse kalten Kaffee, den sie stehengelassen hatte. Während sie dort an dem langen Tisch gesessen und über die Vergangenheit nachgedacht hatte, war es allmählich dunkel geworden. Sie hatte versucht, mit Silvana zu sprechen, aber Silvana war einfach nicht aufgetaucht.

Als Primo Castorini wutschnaubend davonstapfte, bemerkte er nicht Susanna Bordino, die im Schatten stand, alles beobachtete und abwartete. Auch sie konnte an nichts anderes mehr denken als an die Fremde, allerdings aus ganz anderen Gründen.

Die kleinen Maden in Arcadio Carnabucis Kleiderschrank rollten sich zusammen und starben an Unterernährung. Die Mottenmutter lag in der Ecke, die Flügel gebrochen unter dem Gewicht ihrer Trauer. Vergebens hatten sie Tag für Tag durchgehalten und auf die Rückkehr des Anzugs gewartet.

Statt dessen war der Anzug auf dem Müll gelandet, und zwar durch die Hand von Concetta Crocetta, die ihn im Flur gefunden hatte, als sie kam, um nach Arcadio Carnabuci zu sehen. Mit ihrem erstaunlichen Instinkt hatte meine Herrin geahnt, daß ihm etwas fehlte, und war gekommen, ohne daß er sie gerufen hatte.

Als sie in die Küche kam, saß mein Olivenbauer in sich zusammengesunken auf seinem Stuhl, mit nichts an außer einer langen Unterhose – die er nur im August ablegte – und einem Unterhemd. Ich muß gestehen, was auch immer er trug, ich fand ihn immer hinreißend.

Was sie nicht hatte vorhersehen können, war die Schwere des Leids, das ihn am Vortag befallen und so grausam niedergestreckt hatte. Seine Augen waren offen, doch er sah nichts, er war bewußtlos und atmete kaum noch. Seine Haut war kalt und grau, viel grauer als gewöhnlich, und sein Haar, das ihm wie ein Klumpen Teer auf dem Kopf klebte, versetzte ihr einen Schrecken, wie sie ihn während der langen Jahre als Krankenschwester nur wenige Male erlebt hatte. Sein Zustand ließ auf irgendeine seltene und fürchterliche Infektion schließen.

Vorsichtshalber zog sich Concetta Crocetta ein Paar Gummihandschuhe über – Handschuhe, die sie in größeren Mengen von einem der Händler gekauft hatte, die sich während der Überfahrt auf der *Santa Luigia* von Fernanda Ponderosa hatten einschüchtern lassen – und begann mit den üblichen Untersuchungen. Sie stellte fest, daß er nur noch halb am Leben war. Vielleicht nicht einmal das.

Sie brachte ihn in eine möglichst bequeme Position, nahm den Schinken weg, der ihm auf den Schoß gerutscht war, hob den mit Pappschnipseln übersäten Teppich vom Fußboden auf und bedeckte ihn damit. Der Schinken bereitete ihr Kopfzerbrechen. Sie hatte im Laufe ihrer Dienstzeit schon von den unterschiedlichsten Arten von Fetischismus gehört, aber noch nie von einer, die etwas mit kaltem Fleisch zu tun hatte. Schnell rief sie einen Krankenwagen.

Durch das Fenster sah ich ängstlich zu, die Nüstern gegen die Scheibe gedrückt. Wenn man mich nur in die Hütte gelassen hätte, dann hätte ich ihn gerettet: Ich hätte es mit Mund-zu-Mund-Beatmung versucht, mit Herzmassage, mit allem, was nötig war. Ich hatte meine Herrin oft genug bei der Arbeit beobachtet, um solche Maßnahmen selbst durchführen zu können.

Sentimenti italiani

Warum unternahm Concetta Crocetta nichts dergleichen? Warum gab sie ihm keine Spritze? Warum schlug sie ihn nicht ins Gesicht? Warum begoß sie ihn nicht mit kaltem Wasser? Warum tat sie nichts, um ihn aus dieser entsetzlichen Starre zu reißen?

Vor lauter Unruhe zertrampelte ich die Erde vor dem Fenster und hinterließ einen Speichelfleck auf der Scheibe, so daß ich immer schlechter erkennen konnte, was drinnen vor sich ging.

Nach siebenundzwanzig Minuten und elf Sekunden, die mir wie eine Ewigkeit vorgekommen waren, kündigte das Gebimmel endlich die Ankunft des antiquierten Krankenwagens an. Die Sanitäter, Gianluigi Pupini und Irina Biancardi, waren betrübt über Arcadio Carnabucis Zustand, aber überrascht waren sie nicht. Die medizinischen Fachkräfte in der ganzen Gegend hatten schon lange damit gerechnet, daß es ihn früher oder später erwischen würde.

Gemeinsam legten sie ihn auf die Trage und brachten ihn nach draußen. Concetta Crocetta, die immer noch ihre Gummihandschuhe anhatte, schnappte sich den Anzug, der im Flur lag, und stopfte ihn in die Mülltonne.

Ich versuchte, hinter meiner Herrin her in den Krankenwagen zu klettern, doch es war nicht zu übersehen, daß ich nicht erwünscht war. Die Sanitäter schubsten mich so unsanft wieder hinaus, daß ich überall blaue Flecken davontrug. Meine Augen füllten sich mit Tränen. War es denn nicht verständlich, daß ich ihn begleiten wollte? Ich, die ihn von allen am meisten liebte? Die Grausamkeit, mit der sie mich an jenem Tag behandelte, werde ich meiner Herrin nie verzeihen. Seit dem Tag trage ich einen Groll gegen sie in meinem Herzen, den ich nie überwinden werde.

Concetta Crocetta, die den Patienten begleitete, hielt es für nötig, sich bei den Sanitätern für mein Betragen zu entschuldigen, und versuchte, mit Hilfe von etwas Verbandmaterial den Schmutz fortzuwischen, den ich auf dem Boden des Krankenwagens hinterlassen hatte. Sie wisse gar nicht, was über mich gekommen sei, meinte sie. Daraufhin versetzten Gianluigi Pupini und Irina Biancardi meinem bereits verwundeten Herzen einen weiteren Stich, indem sie etwas ausplauderten, was sie schon lange gewußt hatten: daß nämlich der neue Chef des Bezirksgesundheitsamtes uns Dienstmaultiere abschaffen und durch Mopeds ersetzen wollte. Während sich die Türen des Krankenwagens vor meiner Nase schlossen, mußte ich einen doppelten Schlag hinnehmen. Das Leben meiner großen Liebe hing an einem seidenen Faden, und ich mußte mit meiner Entlassung rechnen. Konnte es noch schlimmer kommen?

Als sie gerade losfahren wollten, stolperte eine Gestalt in Sportshorts und Unterhemd in den Vorgarten. Es war Amilcare Croce, der, neuerdings ein passionierter Langstreckenläufer – er machte kaum noch Patientenbesuche –, gerade unterwegs war, als er von Arcadio Carnabucis Zusammenbruch hörte, was für ihn natürlich bedeutete, daß Concetta Crocetta bei dem Olivenbauern anzutreffen sein würde.

Was auch immer seine Motivation gewesen sein mag, er machte jedenfalls einen Umweg und lief, so schnell seine kräftigen Beine ihn trugen, zum Olivenhain der

Familie Carnabuci und zu der kleinen Hütte gleich daneben. Wie immer kam er zu spät. Er erhaschte nur noch einen kurzen Blick auf Concetta Crocetta, bevor die Türen des Krankenwagens zugeschlagen wurden und das Fahrzeug sich, mit Irina Biancardi am Steuer, in Richtung des Krankenhauses in der fernen Stadt Spoleto in Bewegung setzte.

Doch in diesem Bruchteil einer Sekunde, bevor die Türen sich gänzlich schlossen, erblickte ihn die Krankenschwester. Ihre Blicke begegneten sich, und Concetta Crocetta wußte, daß der Doktor nur ihretwegen gekommen war. Ja, ihre Blicke verschmolzen zu einer leidenschaftlichen Umarmung, in der Offenbarung und Verlangen lagen.

Hatte er sich nur eingebildet, daß Concetta Crocetta eine kleine Hand nach ihm ausstreckte?

Hatte sie sich eingebildet, daß er eine lange, schlanke Hand nach ihr ausstreckte, bevor die Türen des Krankenwagens sich so grausam zwischen sie schoben und Gianluigi Pupini, nachdem er sich überzeugt hatte, daß alle Sicherheitsvorkehrungen getroffen waren, auf den Beifahrersitz sprang?

Als der Krankenwagen über die holprige Einfahrt rumpelte und auf die Straße einbog, lief ich natürlich hinterher, denn in dem allgemeinen Durcheinander hatte meine Herrin vergessen, mich anzubinden. Hinter mir hörte ich das Klatschen der gummibesohlten Laufschuhe des Doktors auf dem Asphalt.

Auf der Straße gewann unser kleiner Konvoi an Fahrt, und Concetta Crocetta konnte den Doktor hinter uns herrennen sehen. Wie gern hätte sie die Türen aufgerissen und sich in seine sehnsüchtigen Arme geworfen, aber es sollte nicht sein.

Den Fuß auf dem Gaspedal, fuhr Irina Biancardi so vorsichtig, wie sie konnte, doch so durchtrainiert der Doktor auch inzwischen war, mit einem motorisierten Fahrzeug konnte er nicht mithalten. Und ich auch nicht. Obgleich ich beherzt ausschritt, wurde ich schon bald abgehängt.

Während der Krankenwagen mit bimmelnden Glokken davonfuhr, wurden unsere Gestalten immer kleiner, bis wir nur noch Punkte auf der Straße waren, und da tat Concetta Crocetta etwas, das sie sich vor langer Zeit geschworen hatte, nie wieder zu tun, sie vergoß eine Träne um Amilcare Croce und um das, was hätte sein können.

Arcadio Carnabuci, der die ganze Zeit über vor sich hin dämmerte, wurde von den anderen Insassen des Krankenwagens mehr oder weniger vergessen. Aber ihre Aufmerksamkeit hätte ihm auch wenig genützt. Es bricht mir das Herz, das zu sagen, aber er war viel zu weggetreten, um irgendwelche besorgten Blicke oder feuchten Lappen auf seiner vernebelten Stirn würdigen zu können.

Wenn sie einen Gedanken an Arcadio Carnabuci verschwendet hätte, was sie nicht tat, hätte Concetta Crocetta wahrscheinlich ziemlich irritiert zur Kenntnis genommen, daß er zwischen sie und die Erfüllung ihrer Hoffnungen und Träume geraten war. Wenn man ihn nicht auf schnellstem Wege ins Krankenhaus hätte verfrachten müssen, wäre sie zweifellos aus dem Wagen gesprungen, egal, wie viele Knochen sie sich dabei gebrochen hätte.

Doch der Doktor und ich waren unbeirrbar und gaben die Verfolgung des Krankenwagens nicht auf; wir liefen weiter, Meile um Meile. Durch Gilberto Nicolettos Felder mit den mutierten Melonen, über Wiesen, auf denen blaue Schafe grasten, durch Olivenhaine, wo die Bäume Birnen trugen. Vorbei an Stuten, die Fohlen säugten, vorbei an Feldern mit Kohlköpfen, die menschliche Gesichter in die Sonne reckten, durch Weinberge, wo Haselnüsse an den Reben reiften. Allüberall wurde offenbar, wie sehr die Natur aus dem Gleichgewicht geraten war. Doch wir liefen immer weiter.

Anfangs vermieden wir es, einander in die Augen zu sehen, denn wir waren beide ein wenig verlegen. Wir waren noch nie besonders gute Freunde gewesen.

Amilcare Croce hatte nichts übrig für Maultiere und betrachtete es als Geschmacksverirrung seitens Concetta Crocetta, daß sie auf meinem Rücken durch die Gegend ritt. Andererseits war das eine ihrer Schrullen, die sie so liebenswert machten.

Ich für meinen Teil mißtraute dem Doktor. Ich begriff einfach nicht, wie er sich durch seine Transportmittelphobie in seinem Leben so einschränken lassen konnte. Warum konnte er sich nicht einfach ein Maultier anschaffen, Herrgott noch mal? Wie diese Menschen mit ihrer seltsamen Liebe umgingen, brachte mich auf die Palme. Sie gehörten derselben Spezies an, sie sprachen dieselbe Sprache, sie waren nicht mit den diabolischen Hindernissen und Schwierigkeiten konfrontiert, die wie ein unüberwindliches Gebirge zwischen mir und Arcadio Carnabuci standen. Warum also konnten sie sich nicht ein für allemal aussprechen und endlich ihr Glück finden, bevor es zu spät war? Selbst wenn ich zweihundert Jahre alt werden würde – und ich war damals schon siebenundneunzig –, würde ich das niemals begreifen.

Doch es waren nicht diese Gedanken, die mich in erster Linie beschäftigten, während ich hinter ihnen herrannte. Ich war völlig aufgelöst vor Sorge um meinen geliebten Arcadio Carnabuci, um dessen Leben ich fürchten mußte. Trotz der Schmerzen, die wie Messer in meine Lunge stachen, und trotz der Abschürfungen an meinen Hufen, die mit jedem Schritt schlimmer wurden, rannte ich weiter. Ich lief und lief, und ich war entschlossen, so lange weiterzulaufen, bis ich umfiel.

Amilcare Croce dagegen wußte im Grunde genommen gar nicht so recht, warum er Meile um Meile hinter dem Krankenwagen herhechelte. Er verspürte ein Gefühl der Dringlichkeit, etwas wie: Wenn nicht jetzt, wann dann? Und er kam nicht dagegen an. Seine aufs Laufen programmierten Beine liefen einfach immer weiter. Concetta Crocetta saß in dem Krankenwagen, also wollte er dort sein, wo der Krankenwagen war. So einfach war das – und so kompliziert.

Nach einer Weile warf ich dem Doktor einen verstohlenen Blick zu. Das fiel mir leicht, da meine Augen von Natur aus eher seitlich am Kopf angebracht sind. Und was sah ich? Ich sah ein Geschöpf, das ebenso verliebt war wie ich, und ich sah in seinem Inneren, ineinander verschlungen wie ein Knäuel, all die Angst und Furcht und Sehnsucht und all den Schmerz und die Freude und all das Verzweifelte, Drängende, Vibrierende, Unerträgliche, Köstliche, Schaudernde, Verrückte, Brodelnde, all das Zeug, das einen zum Schreien, Quietschen, Lachen

Sentimenti italiani

und Weinen bringt und einem die Haare zu Berge stehen läßt, all das, was ich auch in mir spürte. Es war Leidenschaft. Und den Doktor hatte es ganz besonders schwer erwischt.

Von da an wuchs meine Sympathie für ihn, und ich glaube, auch er wurde mir gegenüber ein bißchen verständnisvoller. Und so liefen wir gemeinsam weiter, spornten einander an, wenn es anstrengend wurde, wenn der Weg steil anstieg, wenn uns die Puste ausging. Auf diese Weise legten wir etwa fünf Meilen zurück. Der Krankenwagen war immer noch zu sehen, wenn auch mittlerweile in weiter Ferne.

Aber die Körper des Menschen und des Maultiers sind nur begrenzt belastbar. So konnten wir nicht endlos weiterlaufen. Unweigerlich verlangsamte sich unser Tempo von einem ordentlichen Galopp zu einem Trab und schließlich zu einem einfachen Schritt. Der Doktor bekam Seitenstiche und blieb vornübergebeugt stehen, um den Schmerz zu lindern. Ich humpelte mit meinen schmerzenden Hufen noch ein bißchen weiter. Der Krankenwagen war nicht mehr zu sehen. Als der Doktor sich wieder aufrichtete, war ich ihm bereits ein gutes Stück voraus. Ich warf ihm noch einen letzten Blick zu, dann marschierte ich entschlossen weiter, während die Beine des Doktors kehrtmachten und ihn zurück nach Hause trugen.

Amilcare Croce hatte einen Muskelkrampf in der Wade, und seine Schultern und sein Nacken schmerzten. Der Krankenwagen mit Concetta Crocetta war weg, und bis zum Krankenhaus würde er es sowieso nicht schaffen. Er nahm seinen Beinen ihre Entscheidung nicht übel und versuchte auch nicht, sie zur Umkehr zu bewegen. Er wußte, daß sie sich ausruhen mußten, und nachdem er mir freundlich zum Abschied zugewinkt und mir viel Glück gewünscht hatte, machte er sich in einem gemütlicheren Tempo auf den Weg nach Montebufo.

Arcadio

Carnabuci atmete im Krankenwagen kaum noch. Gianluigi Pupini und Irina Biancardi bemühten sich, mit ihrem üblichen Geplänkel die Krankenschwester von ihren Sorgen abzulenken, aber in Wirklichkeit war sie in Gedanken weit weg. Der liebe, süße Arcadio Carnabuci lag wie leblos da und war vergessen. Alles, was er sehen konnte, war das weiße Dach des Krankenwagens, und aus dem Winkel eines Auges entdeckte er die zarten Härchen in Concetta Crocettas Nasenlöchern.

Der Krankenwagen war viel eher in Spoleto als ich. Schon bald hielt er vor dem Krankenhaus, und das Notaufnahmeteam schob Arcadio Carnabuci ins Gebäude. Doch die vielen Untersuchungen, denen er unterzogen wurde, konnten weder die Ursache seines Leidens zutage fördern noch etwas darüber aussagen, ob er wieder gesund oder doch wenigstens überleben würde.

Überall an seinem wundervollen Körper wurden Sonden angebracht. Er wurde mit einem Bildschirm verkabelt, auf dem die beinahe gerade Linie seines Herzschlags zu sehen war. Seine Hirnfunktionen waren anfangs bei Null, fielen dann ins Minus und waren schließlich auf dem Bildschirm nicht mehr ablesbar.

Nach kurzer Zeit waren zahlreiche Ärzte und pickelige Medizinstudenten um sein Bett versammelt, denn so etwas hatte noch niemand gesehen. Arcadio Carnabucis Meßwerte ließen sowohl darauf schließen, daß er bereits tot war, als auch darauf, daß er noch lebte. Technisch war das unmöglich, darüber waren sich viele der Ärzte einig, doch sie konnten nicht leugnen, was sie mit eigenen Augen sahen.

Arcadio Carnabuci, der für mich immer schon ein Wunder dargestellt hatte, war zu einem medizinischen Rätsel geworden.

Concetta Crocetta, die sich unter normalen Umständen über so etwas schrecklich aufgeregt hätte, wirkte gedankenverloren und abwesend: Sie bekam Amilcare Croce einfach nicht aus dem Kopf. Er hätte jetzt hiersein müssen. Er hätte einen brillanten Vortrag gehalten, hätte vor seinen distinguierten Kollegen seine Theorien dargelegt. Aber er hatte nicht nur ihre Liebe weggeworfen, sondern auch seine glanzvolle Karriere.

Arcadio Carnabuci jedoch war, den unterschiedlichen Meinungen der berühmten Mediziner zum Trotz, ganz und gar nicht tot, weder klinisch noch sonstwie. Innerlich fühlte er sich wie immer. Das Problem war, daß sein Inneres sich irgendwie von seinem Äußeren abgekoppelt hatte. Seinem Geist ging es gut. Aber er hatte die Fähigkeit eingebüßt, mit seinem Körper zu kommunizieren.

Das Sprechvermögen war ihm abhanden gekommen. Kein Laut kam aus seinem Mund. Kein Schnauben, kein

Sentimenti italiani

Quieken, kein Schluckauf, kein Stöhnen, kein Jodeln. Innerlich schrie er, doch niemand konnte ihn hören. Er versuchte, ihnen zu sagen, daß er lebte, daß er verstand, was gesagt wurde. Er tobte und raste, jedenfalls innerlich, bis seine Ohren taub wurden. Warum hörten sie ihn nicht? Was war los mit ihnen?

Endlich gab er den Versuch auf, sein Mundwerk in Gang zu bringen, und konzentrierte sich darauf, irgendeinen anderen Körperteil zu bewegen. Er befahl seinen Fingern und Zehen zu wackeln, seinen Augen zu blinzeln, seiner Nase zu zucken, seinem Pimmel, sich aufzurichten. Irgend etwas mußte passieren, damit sie ihn nicht länger für tot hielten. In seinen Alpträumen hatte er so etwas schon erlebt, aber jetzt passierte es wirklich. Das war kein Traum.

Innerlich mühte und rackerte er sich ab, doch es war alles umsonst. Es hatte keinen Zweck. Nichts an ihm rührte sich. Er sah die Gesichter, die ihn anstarrten. Er hörte die aufgeregten Stimmen, die über seinen Befund diskutierten. Er spürte die Sonden in seinen Körperöffnungen. Er war vollkommen nackt; sie hatten ihm sogar die Unterwäsche ausgezogen, und er war ihren Blicken preisgegeben. Und es standen nicht nur Ärzte, sondern auch Ärztinnen an seinem Bett. Er konnte sie sehen.

»Ich habe schon Leichen gesehen, bei denen mehr Hirntätigkeit nachweisbar war«, meinte ein junger Arzt und tippte ungläubig mit dem Zeigefinger auf den Bildschirm.

»Das ist noch gar nichts«, hielt ein anderer dagegen, der mit ihm zusammen Medizin studiert hatte, »ich habe schon in Flaschen eingelegte Hirne gesehen, die höhere Meßwerte aufwiesen.«

»Wir dürfen nicht vergessen, daß seine Hirntätigkeit bereits im unteren Bereich lag, als es ihm noch gutging«, warf Concetta Crocetta ein.

Was sollte er tun? Zweifellos befand er sich in einer schrecklichen Zwangslage. Am liebsten hätte er geweint, aber es gelang ihm nicht einmal, seinen starren Augen ein paar Tränen abzuringen. Es war unerträglich. Wenn er dazu in der Lage gewesen wäre, hätte er sich umgebracht.

Wie zu erwarten, ließ das Interesse an der Sensation allmählich nach, und die Crème der medizinischen Koryphäen überließ ihn sich selbst. Immer mehr der um das Bett Versammelten verzogen sich, bis nur noch einer oder zwei übrig waren. Schließlich verschwanden auch sie. Concetta Crocetta, die sämtlichen Krankenhausbediensteten, vom distinguierten Professor bis zum jüngsten Assistenzarzt, ja, sogar dem Hausmeister hatte Rede und Antwort stehen müssen bezüglich Arcadio Carnabucis Krankheitsgeschichte und des Ausbruchs dieses seltsamen Leidens, war endlich erlöst und durfte Feierabend machen.

Alle Beteiligten hatten mit großem Interesse die Rolle des Schinkens als möglichem Auslöser des Anfalls zur Kenntnis genommen und eilfertig das Wort *Porcofilo* auf ihren Klemmbrettern notiert. Von da an wurde Arcadio Carnabuci im ganzen Krankenhaus nur noch bei diesem Spitznamen genannt. Nachdem Concetta Crocetta einen letzten Blick auf Arcadio Carnabuci geworfen und ihm den Arm getätschelt hatte, fuhr sie mit dem Bus nach Hause, den Kopf voll mit romantischen Gedanken und Träumen.

Allein in seinem Krankenzimmer, schmorte Arcadio Carnabuci in seinem eigenen Saft. Was konnte die Ursache für das Unglück sein, das ihn befallen hatte? Er konnte es nicht ergründen. Schließlich war er Olivenbauer und kein Arzt. Zugegeben, er war in letzter Zeit reichlich überspannt gewesen. Er hatte mehrere schwere Enttäuschungen hinnehmen müssen. Konnte es sich um eine allergische Reaktion auf den vielen Schinken handeln, den zu kaufen er gezwungen gewesen war? Endlich dämmerte ihm, was seinen Zustand verursacht hatte: Es war das Singen. Das Lied hatte ihm das angetan. Vielleicht hatte sein armer, schwacher Körper sich in jener Nacht allzu sehr verausgabt. Ja, diese eine Nacht und dieses eine Lied hatten ihm den Garaus gemacht. Und es hatte noch nicht einmal dazu geführt, daß sie ihn liebte. Fernanda Ponderosa. In der Tat, so sagte er sich zu Recht, hatte es im Gegenteil dazu geführt, daß sie ihn verabscheute.

War er dazu verurteilt, bis an sein Lebensende in diesem Zustand zu verharren? Hatte das Lied ihn in der Blüte seines Lebens von der Welt abgeschnitten? Nun, vielleicht war er nicht mehr in der Blüte seines Lebens, aber sicherlich nicht weit darüber hinaus. Es war einfach schrecklich, lebendig tot zu sein. Und zu erleben, daß alle ihn für klinisch tot hielten, wo er doch genauso lebendig war wie sie. Der Gedanke war unerträglich und trieb ihn nur noch tiefer in die Verzweiflung.

Der Bus, in dem Concetta Crocetta saß, bog aus der Krankenhauseinfahrt und fuhr an mir vorbei, als ich gerade auf butterweichen Beinen durch das Tor wankte. Aber die Krankenschwester sah mich nicht. Sie war mit den Gedanken ganz weit weg. Während es draußen dunkler und ihr Spiegelbild im Fenster deutlicher wurde, versank Concetta Crocetta in der Welt ihrer Träume, und wer sie beobachtete, hätte gesehen, wie ein Lächeln sich auf ihrem Gesicht ausbreitete. Endlich war sie sich sicher, daß Amilcare Croce und sie dasselbe fühlten. Daß, wenn sie sich das nächste Mal begegneten, alle Verlegenheit verflogen sein würde. Dies war ein entscheidender Tag gewesen.

Die launenhafte Brise der Liebe jedoch hatte sich ohne Wissen der Krankenschwester schon wieder gedreht und wehte in eine andere Richtung.

Amilcare Croce war inzwischen zu Hause in Montebufo. Er hatte seine Beine hochgelegt und trank eine Tasse Kräutertee, der, so glaubte er, trotz seines bitteren Geschmacks die knorrige Hand der Zeit von ihm fernhalten würde.

Nachdem er sich von mir verabschiedet und mir nachgeschaut hatte, als ich meinem Geliebten nach Spoleto folgte, hatte er auf dem Heimweg lange und gründlich nachgedacht. Ich weiß nicht, wie er meinem Geheimnis auf die Spur gekommen ist. Vielleicht haben meine Augen mich verraten, oder vielleicht hatte seine eigene hoffnungslose Liebe seine Wahrnehmung geschärft. Der gesunde Menschenverstand sagte ihm, daß es zwischen Angehörigen verschiedener Spezies keine Liebe geben konnte. Allein die Vorstellung, daß ein Maultier und ein Mann in Liebe füreinander entflammen konnten, war geradezu lächerlich. Dennoch war etwas in ihm, das mir Glück wünschte. Er fand, daß ich sehr tapfer war und viel zu schade für diesen elenden Wicht, für den ich meine Liebe auf Kosten meiner Gesundheit vergeudete.

Und wie stand es um ihn selbst? Machte er sich nicht ebenso lächerlich? Wie ein Idiot hinter einem Krankenwagen herzurennen. Allein der Gedanke daran war ihm peinlich. Was war bloß in ihn gefahren? Wie sollte er Concetta Crocetta je wieder gegenübertreten? Er hatte sich zum Narren gemacht. Hoffentlich würde sie darüber hinwegsehen, es mit keinem Wort erwähnen. Und er würde sich, wenn sie sich das nächste Mal begegneten, so verhalten, als wäre nichts geschehen. Ausnahmsweise war er diesmal den Schicksalsgöttern dankbar, die sich gegen sie verschworen hatten. Wenn er Glück hatte, würde sie den Vorfall wieder vergessen haben, bis sich ihre Wege erneut kreuzten.

Ich stellte mich draußen vor das Fenster, das Arcadio Carnabucis schmalem Bett am nächsten lag, und betrachtete ihn durch die Scheibe. Er lag mit dem Rücken zu mir, aber so intensiv ich ihn auch anschaute, wobei ich mich zwang, die Augen offenzuhalten, ohne zu blinzeln, er rührte sich nicht. Nicht ein einziger seiner Muskeln zuckte. Er schien kaum zu atmen. Ich starrte so lange auf seine Brust, daß ich schon zu schielen begann, doch ich konnte kein Anzeichen dafür entdecken, daß sein Brustkorb sich hob und senkte. Welche Qualen durchlitt ich, während ich ihn beobachtete. Mit meinem Willen versuchte ich ihn dazu zu bringen, daß er auf meine Gebete reagierte. Beweg einen Finger, bitte, nur einen einzigen Finger, damit ich sehe, daß noch Leben in dir steckt. Aber der arme Arcadio konnte einfach nicht, und ich konnte mich vor lauter Kummer kaum noch auf den Beinen halten.

Irgendwann wurde das Abendessen an die Patienten

verteilt, und Arcadio Carnabuci fiel ein, daß er seit dem Frühstück nichts mehr zu sich genommen hatte. Wie gut der Kanincheneintopf duftete. Gerüche konnte er immer noch wahrnehmen. Obwohl sein Körper sich weitgehend von der Außenwelt abgekapselt hatte, drangen Gerüche immer noch an den Schläuchen vorbei, die man ihm unsanft in die Nase geschoben hatte. Aber Arcadio Carnabuci bekam keinen Kanincheneintopf. Er war dazu verdammt, reglos dazuliegen, während die anderen Patienten, lauter alte Männer in Schlafanzügen, sich an den Tisch setzten und sich an dem Eintopf gütlich taten. Dem Olivenbauern wurde sein Abendessen intravenös verabreicht, und es schmeckte nach nichts.

Arcadio Carnabuci verbrachte die Nacht mit weit offenen Augen, und zwar trotz aller Bemühungen der Nachtschwester Carlotta Bolletta, die versuchte, sie mit zärtlichen Händen zu schließen. Immer wieder sprangen sie aus eigenem Antrieb wieder auf. Draußen hielt ich Wache wie ein Schutzengel, derweil er innerlich vor Wut kochte angesichts der Ungerechtigkeit seines Schicksals.

Während er so dalag, in der Gruft seines eigenen Körpers, wurde ihm klar, daß er seine Chancen bei Fernanda Ponderosa wahrscheinlich verspielt hatte. Der Blick, den der Metzger ihm am Morgen zugeworfen hatte, war ihm durch Mark und Bein gegangen. Er hatte jegliches Zeitgefühl verloren. Concetta Crocetta hatte den Ärzten berichtet, er hätte vierundzwanzig Stunden lang in sich zusammengesunken auf seinem Stuhl gesessen. Woher wußte sie das eigentlich? War das erst gestern gewesen? Ihm kam es so vor, als hätte er seitdem ein ganzes Leben gelebt.

Ja, bei dieser Gelegenheit, wann immer das gewesen

sein mochte, hatte er an Primo Castorini etwas entdeckt, das ihm nicht gefiel. Zweifellos war der Metzger ebenfalls in Fernanda Ponderosa verliebt. Und warum auch nicht? Sie war so aufreizend sinnlich, daß jeder Mann ein Narr wäre, sich nicht in sie zu verlieben. Und er kannte den Charakter des Fleischers, wußte, daß er allen Frauen in der ganzen Gegend schamlos nachstellte: jungen Mädchen, Witwen, Hausfrauen, Müttern, selbst Nonnen, so wurde gemunkelt. Und jetzt machte er, Arcadio Carnabuci, es dem Mann leicht, ihm seine Geliebte auszuspannen, so, wie sein Bruder ihm vor Jahren ihre Schwester vor der Nase weggeschnappt hatte. Die Geschichte wiederholte sich.

Was hatte er doch für ein Pech. Er konnte einfach nicht zulassen, daß es so kam. Er konnte nicht tatenlos zusehen, wie dieser gemeine Metzger ihm die Braut raubte. Warum war sie nicht gleich zu ihm gekommen? Schließlich hatte er sie gerufen wie einen Geist aus der Flasche, indem er seine Liebessamen eingepflanzt und gegessen hatte. Eine Niederlage würde er nicht akzeptieren. Er würde um Fernanda Ponderosa kämpfen. Notfalls bis zum Tod.

Er mußte nur aus dem Krankenhaus herauskommen. Aber wie?

Lautlos versuchte er erneut, seinen nutzlosen Körper in Bewegung zu setzen. Er konzentrierte all seine Kraft darauf, wenigstens einen kleinen Finger zu heben, aber sein träges Fleisch widerstand all seinen Bemühungen. Schließlich sank er erschöpft in einen schrecklichen Alptraum, in dem er als Gefangener in seinem eigenen Körper steckte, der sich einfach nicht rühren wollte.

Am anderen Morgen stolzierte Pomilio Maddaloni, der älteste der Maddaloni-Söhne und Erbe des weitreichenden Geschäftsimperiums seines Vaters, großspurig in die Metzgerei *Porco Felice* und warf die neueste Ausgabe des *Corriere* über die Theke, so daß sie genau vor Primo Castorini landete.

»Du bist erledigt, Castorini«, murmelte er, scheinbar, ohne seine Oberlippe zu bewegen, über der ein Flaum wuchs, der als Schnurrbart durchzugehen versuchte.

»Bürger nach Schinkenverzehr dem Tode nahe«, schrie die Schlagzeile dem Metzger entgegen. Schaurige Einzelheiten folgten. Fotos zeigten Arcadio Carnabuci in seinem Krankenhausbett, mit sieben Schläuchen in der Nase. Im Hintergrund konnte man mich schwach erkennen, wie ich durch das Fenster lugte. Ein Schnappschuß, der mir nicht gerade schmeichelte.

Außerdem gab es ein Foto von dem Schinken, dem angeblichen Corpus delicti, und darunter den sensationsheischenden Text: »Schinken von Castorini: Ursache für mysteriösen Krankheitsfall«, doch Primo Castorini sah sofort, daß es sich um einen Schwindel handelte. Seine eigenen Schinken würde er immer und überall erkennen. Eher würde eine junge Mutter ihr Neugeborenes verwechseln als Primo Castorini einen seiner Schinken. Dennoch sah der Schinken den seinen zugegebenermaßen so ähnlich, daß ein Uneingeweihter den Unterschied nicht erkennen würde.

Unter dem Artikel war der Rest der Seite ausgefüllt mit einer farbigen Reklameanzeige von Pucillos Schweinefleischfabrik, in der lächelnde Schweine riefen: »Hausfrauen, könnt ihr euch ein solches Risiko leisten? Kauft euren Schinken in einem vertrauenswürdigen Geschäft, kommt zu Pucillo.«

Fernanda Ponderosa, die näher getreten war, um einen Blick auf die Zeitung zu werfen, bescherte dem jungen Mann in dem eine Nummer zu großen Nadelstreifenanzug einen Hormonschub, wie er ihn seit der Pubertät nicht mehr erlebt hatte. Ihm fiel der Unterkiefer herunter, und obwohl er seinen Mund eiligst wieder schloß und sich bemühte, wie ein Mann von Welt zu wirken, konnte er seine Geilheit weder vor Fernanda Ponderosa noch vor Primo Castorini verbergen.

Wie ein angestochener Luftballon flitzte er aus dem Laden, schweißnaß und mit hochrotem Kopf. Unter der Theke streichelte Primo Castorini sein großes Messer. Diesen Schuljungen würde er schon noch Mores lehren. Was der sich einbildete, seine Fernanda so schamlos anzuglotzen. In seiner Wut stieß er das Messer mit voller Wucht durch den anstoßerregenden Artikel in den Fleischerblock, wo es gefährlich vibrierte.

Pomilio Maddaloni hinterließ eine Spur unangenehmer Gefühle: Zorn, Schadenfreude, Herzklopfen und Verlegenheit, die peinlich in der Luft hingen, bis die Kuhglocke über der Tür bimmelte und die Ankunft von Signor Alberto Cocozza vom Gesundheitsamt ankündigte, der einen von Primo Castorinis Schinken konfiszieren wollte, um ihn gründlich zu untersuchen.

»Das ist völlig absurd«, fauchte Primo Castorini wütend. »Ich habe doch keinen Einfluß darauf, was die Leute mit ihren Schinken machen, nachdem sie meinen Laden verlassen haben. Dafür kann man mich nicht verantwortlich machen. Das ist eine Verschwörung. Man versucht, mich in den Ruin zu treiben. Darum geht es hier.«

»Das Gesundheitsamt ist verpflichtet, die Gesundheit der Bürger zu schützen, Signor Castorini. Ich tue nur meine Pflicht.«

Primo Castorini spürte, daß er die Kontrolle über sich verlor. Es kam ihm so vor, als erlebte er einen Alptraum, einen langen, sehr lebensechten Alptraum. Er war körperlich angeschlagen, der Streß der vergangenen Wochen forderte seinen Tribut. Er war mit den Nerven am Ende. Alles schien ihm zu entgleiten. Verzweifelt suchte er in Fernanda Ponderosas Augen nach einer Erklärung, doch er konnte keine entdecken. Diese Augen waren unergründlich. Wie ein Hochseefischer durchpflügte er die tiefen Gewässer von Fernanda Ponderosas Seele, ohne etwas zutage zu fördern.

Bildete er sich ein, was als nächstes passierte, oder hatte Fernanda Ponderosa ihn tatsächlich berührt? Als er wie ein Ertrinkender in ihre Augen geschaut hatte, in der Hoffnung, daß sie ihn retten würde, war sie da wirklich auf ihn zugekommen, so daß der Raum zwischen ihnen angefangen hatte, sich zu verwerfen und zu glühen? Ihr Duft umfing ihn wie eine Umarmung, erfüllte ihn durch und durch. Sie beugte sich vor und streichelte seine auf der Arbeitsfläche gespreizten Finger mit ihren Fingerspitzen. Er zuckte zusammen. Ihre Berührung brannte auf seiner Haut, und er schnappte unwillkürlich nach Luft. Sie fuhr mit den Fingern über seine nackten Unterarme, über die kräftigen Muskeln und über die Haare, die so dicht wuchsen wie ein Wald. Da wankte er, als litte er schreckliche Schmerzen. Nachdem er sich so lange krampfhaft aufrecht gehalten hatte, war er drauf und dran, zusammenzubrechen. Er hielt den Atem an, versuchte verzweifelt, seine Erregung zu verbergen. Er konnte es fast nicht aushalten.

Am liebsten hätte er dem Mann, der die Kuhglocke erneut zum Bimmeln brachte und die Magie des Augenblicks zerstörte, den Hals umgedreht. Es war Luigi Bordino, der Fernanda Ponderosa eine aus Brotteig gebackene Rose überreichte und seine erste Portion Würste für den Tag kaufen wollte. Er scherte sich nicht die Bohne um den Zettel mit der Aufforderung, sein Fleisch und seine Wurst künftig in Pucillos Schweinefleischfabrik zu kaufen, den man ihm und jedem Haushalt in der Stadt unter die Tür geschoben hatte. Für Fernanda Ponderosa würde er sein Leben opfern. Es wäre ihm eine Ehre. Der Gedanke daran ließ die stolze Brust des Bäckers noch stärker anschwellen.

Primo Castorini kochte vor Zorn. Wenn er Luigi Bordino nicht bald erschlug, würde er für nichts mehr garantieren können. Doch hinter Luigi standen noch mehr tollkühne Männer, die alle etwas bei ihr kaufen wollten, die in den Genuß ihrer Bedienung kommen, sich von ihr persönlich ihre Würste abwiegen lassen wollten. Sie wollten hören, wie sie ihre Koteletts auf der Waage aufeinanderklatschte, daß es klang wie schmatzende Küsse. Wenn ihre Hände das Hirn, die großen, roten Zungen, die gummiartigen Herzen berührt hatten, schmeckten sie noch mal so gut. Zwar fühlten sich einige der Männer von Primo Castorinis Drohungen ein bißchen eingeschüchtert, aber doch nicht genug, um der Metzgerei fernzubleiben.

Aber obwohl mehr Kunden, als nach dem diffamierenden Zeitungsartikel erwartet, der Metzgerei die Türen einrannten, wurde den ganzen Tag über kein einziger Schinken verkauft.

Primo Castorini hätte am liebsten den Laden dichtgemacht und die Kunden rausgeworfen. Mit düsterer Miene schärfte er die Klinge seines Messers, während Fernanda Ponderosa die Leute bediente. Hatte sie ihn wirklich gestreichelt? Ihm kribbelte immer noch die Haut, aber von ihrer Berührung war keine Spur darauf zu sehen. Er konnte einfach nicht glauben, daß es passiert war. Er mußte es sich eingebildet haben. Nichts an ihrem Benehmen deutete darauf hin, daß es zwischen ihnen zu Intimitäten gekommen war. Gar nichts. Sie war so kokett und hochmütig wie eh und je und würdigte ihn keines Blickes. Er war kurz davor, durchzudrehen. Er spürte, wie sein Verstand langsam davonrieselte wie Sand in einer Eieruhr.

Das Thema Arcadio Carnabuci war in aller Munde. Fernanda Ponderosa nahm die Nachricht von seiner Unterbringung im Krankenhaus mit Erleichterung auf, ließ sich jedoch niemandem gegenüber etwas davon anmerken. Primo Castorini belauerte sie nach wie vor. Er tat überhaupt nichts anderes mehr, als sie zu beobachten, es war das einzige, das seinem Leben noch einen Sinn gab, aber er konnte keinen Hinweis darauf entdecken, daß sie irgendwelche Gefühle für den Olivenbauern hegte. In dieser Hinsicht zumindest hatte er nichts zu befürchten.

In der Stadt gingen die Meinungen auseinander. Manche Leute freuten sich über die Nachricht und atmeten auf, als sie erfuhren, daß man Arcadio Carnabuci, diesen Perversling, weggesperrt hatte. Natürlich war Susanna Bordino die Wortführerin dieser Gruppe, zu der auch die Nonnen aus dem Kloster und die bärtigen Gobbi-Schwestern gehörten sowie Arturo Bassiano, der Lotterielosverkäufer, der einen fünfhundert Jahre alten Groll auf den Clan der Carnabucis geerbt hatte.

Aber es gab auch einige, die ihre Haltung gegenüber meinem armen Geliebten geändert hatten. Waren sie früher der Meinung gewesen, er hätte sich sein Unglück selbst zuzuschreiben, so hielten sie ihn jetzt für das Opfer von vergiftetem Schweinefleisch.

Primo Castorinis Feinde lachten sich ins Fäustchen, daß seine Schinken unter Verdacht geraten waren, und selbst jene, wie zum Beispiel die Witwe Filippucci, die dem Metzger bis vor kurzem noch die Treue gehalten hatten, lechzten jetzt nach seinem Blut.

Die Witwe ging sogar so weit, sich der Abordnung anzuschließen, die meinem Geliebten im Krankenhaus in Spoleto einen Besuch abstattete. Es war eine so lange und beschwerliche Reise, daß nur Wildentschlossene sie antraten. Neddo, der alte Eremit, hatte extra einen Minibus gemietet, und die Leute mußten sich ordentlich quetschen, um alle hineinzupassen. Da man Neddo schon vor langer Zeit den Führerschein abgenommen hatte, setzte Speranza Patti sich ans Steuer. Neben ihr saß Fedra Brini, die emsig dabei war, für den Patienten eine Balaklavamütze zu stricken. Amelberga Fidotti durfte, weil sie so klein und schlank war, auf Fedras Schoß sitzen, aber sie zappelte unaufhörlich herum. Hinten saßen die sieben Nellinos mit ihrem Hund Fausto. Die Räuber waren als erste eingestiegen und weigerten sich, zusammenzurücken. Zu ihnen gesellten sich Policarpo Pinto mit zwei von seinen Ratten, die Witwe, der Weise und drei Vertreter des Stadtparlaments, die sich ziemlich verrenken mußten, um hinter der Rückbank Platz zu finden.

Unterwegs unterhielt Neddo die Mitreisenden mit den Visionen, die er in bezug auf Arcadio Carnabuci gehabt hatte. Er hatte meinen Geliebten gesehen, wie er auf dem goldenen Reklameschild des *Porco Felice* durch einen flammendroten Himmel geritten war. Dabei hatte Arcadio mystische Lieder gesungen, Lieder, die so alt waren wie die Erde, wenn nicht älter, und wo er vorbeigekommen war, hatten kleine Wölkchen Tränen aus Olivenöl geweint. Die Zuhörer staunten. Sie waren sich einig, daß es sich um eine wundersame Vision handelte, doch niemand konnte sich einen Reim darauf machen. Sie baten Neddo, ihnen die Bedeutung der Vision zu erklären, aber im entscheidenden Moment, als er gerade den Mund öffnete, um etwas zu sagen, verfiel der Weise ganz plötzlich in seine typische Starre, die bis zum Ende der Fahrt anhielt.

Speranza Patti, die sich vor dem Gaspedal fürchtete, fuhr fast in Schrittgeschwindigkeit, und es dauerte Stunden, bis der Minibus das Krankenhaus erreichte. Als sie schließlich mit eigenen Augen die vielen Schläuche und Drähte am Körper meines Geliebten sah, wurde die Bibliothekarin von einer Welle des Mitgefühls erfaßt, und da wurde ihr klar, daß sie sich ein falsches Bild von ihm gemacht hatte. Als gerade niemand hinschaute, steckte sie sich das einzige Andenken in die Tasche, das sie finden konnte: seine Brille. Jetzt brauchte er sie sowieso nicht mehr, sagte sie sich. Von diesem Augenblick an betrachtete ich sie als meine Konkurrentin, und welche Ängste ich ihretwegen ausgestanden habe, kann ich kaum beschreiben.

Alle Besucher blickten auf Arcadio Carnabuci hinab und bedauerten ihn ob seines schrecklichen Schicksals. Er bekam alles mit, was sie sagten, aber natürlich konnte er nicht antworten. Der verzweifelte Kampf, den er während der letzten achtundvierzig Stunden geführt hatte, hatte ihm die letzte Kraft geraubt und ihm die schreckliche Wahrheit über seine Zwangslage zu Bewußtsein gebracht. Er flehte Neddo an, ein Wunder zu vollbringen, doch der heilige Mann konnte ihn nicht hören.

Zerknirscht zog sich Arcadio Carnabucis Kampfgeist in eine Ecke des Gehirns zurück, wo er mit dem Rücken zur Wand zu Boden sank und sich vor lauter Verzweiflung die winzigen Händchen vors Gesicht schlug. Irgendwann wurden die Besucher gebeten, das Krankenhaus zu verlassen, und sie machten sich auf den Heimweg, wieder im Schneckentempo. Es war eine ernste kleine

Gruppe, die da zurück in die Stadt fuhr. Hatten die Reisenden sich am Morgen noch mit Liedern die Zeit vertrieben, hingen sie auf der Rückfahrt alle ihren düsteren Gedanken nach.

* * *

Im *Porco Felice* war Primo Castorini seine zahlende Kundschaft endlich losgeworden. Er schloß die Ladentür und ließ die Jalousien herunter, um auch jene auszuschließen, die entweder zu ängstlich oder zu geizig waren, um etwas zu kaufen, und Fernanda Ponderosa nur durch die Schaufensterscheiben anstarren wollten.

Er konnte seine Augen immer noch nicht von ihr abwenden, aber sie behandelte ihn mit ihrer üblichen Verachtung. Wie immer, wenn er Feierabend machte, verließ sie den Laden ohne ein Wort. Nachdem sie seinen Blicken entschwunden war, packte ihn die Wut, denn jetzt wußte er, daß er sich alles nur eingebildet hatte. Sein Gehirn hatte ihm einen Streich gespielt. Wenn nicht bald etwas passierte, dann würde er demnächst neben Arcadio Carnabuci im Krankenhaus liegen. Diese Frau würde sie noch alle ruinieren, da war er sich ganz sicher. Zum tausendsten Mal betrachtete er die Klinge seines großen Messers und legte es schließlich widerstrebend weg.

* * *

Seit ihrer Ankunft vor mehreren Wochen hatte Fernanda Ponderosa ihr einseitiges Gespräch mit ihrer Schwester fortgeführt und versucht, aus den Fetzen und Scher-

Sentimenti italiani

ben der Beziehung, die sie im Leben miteinander gehabt hatten, eine neue zusammenzustoppeln. Doch seit ihrer ersten Begegnung war Silvana nie wieder erschienen.

An jenem Abend jedoch, während Fernanda Ponderosa ihren Erinnerungen an einen jungen Mann mit großen Ohren nachhing, um dessen Gunst die beiden Schwestern sich als Jugendliche gestritten hatten, an dessen Namen sie sich aber nicht erinnern konnte, hörte sie eindeutig Silvanas Stimme, die ihr verärgert vom Keller aus zurief:

»Selbst im Tod kann man dir nicht entkommen. Kannst du uns nicht allen einen Gefallen tun und einfach verschwinden? Du hast hier schon genug Ärger gestiftet.«

»Mußt du so unfreundlich sein?« fauchte Fernanda Ponderosa zurück, deren Geduld am Ende war. Sie wartete, doch es kam keine Antwort. Es war zum Verrücktwerden, wie Silvana sich jedem Gespräch entzog.

Da wußte Fernanda Ponderosa, daß all ihre Mühen vergebens gewesen waren. Silvana war im Tod ebenso unvernünftig wie im Leben. Offenbar war sie nicht bereit, Vergangenes zu vergessen und wiedergutzumachen, und allein konnte Fernanda Ponderosa es auch nicht. Das war zwar traurig, aber vielleicht mußte sie einfach akzeptieren, daß es für sie beide kein Happy-End geben würde. Und so begann Fernanda Ponderosa über ihre Abreise nachzudenken. Sie verließ einen Ort immer, solange es ihr noch leichtfiel und sie ohne einen Blick zurück gehen konnte.

* * *

Trotz meines schrecklichen Kummers konnte ich natürlich nicht ewig vor dem Krankenhaus stehenbleiben und darauf warten, daß Arcadio Carnabuci wieder zum Leben erwachte. Es brach mir zwar das Herz, ihn dort allein zurückzulassen, aber mich rief die Pflicht. Concetta Crocetta brauchte ein Transportmittel, um ihrer Arbeit nachzugehen, und auch wenn wir schon so lange ein Team waren, hätte sie keine andere Wahl, als mich durch ein Fahrzeug zu ersetzen, wenn ich sie im Stich ließe.

Schweren Herzens verließ ich meinen Platz am Fenster und das kleine Stück Rasen, das mir so lieb geworden war. Ich drückte einen letzten Kuß auf die Fensterscheibe und machte mich entschlossen auf den Weg. Ich hatte damit gerechnet, daß mir alle Knochen weh tun würden, doch als ich die Straße erreichte, entspannten sich meine Muskeln, und ich schritt mit einem Elan aus, wie ich ihn schon lange nicht mehr gekannt hatte.

Meine Hufe waren verheilt und wieder so kräftig und geschmeidig wie in meiner Jugend. Beschwingt trabte ich drauflos und fiel schon bald in einen Galopp. Die Liebe hatte mir Flügel wachsen lassen. Von dem Tag an konnte ich zwischen meinem Stall und dem Krankenhaus hin- und hergaloppieren wie eine Sportlerin.

Je schneller ich lief, um so mehr fand ich Gefallen daran. Allmählich begriff ich, was den Doktor Croce antrieb. Ich empfand keinerlei Erschöpfung mehr. Ich war fit und elastisch. Ich rannte und rannte und rannte, spürte den Wind in meinem Fell, spürte, wie er an meinen Ohren vorbeirauschte und zwischen meinen langen Zähnen hindurchpfiff. Vielleicht rannte ich nicht nur für mich, sondern auch für meinen Liebling, der in seinem Körper gefangen war, und mit meinem Laufen konnte ich ihm Freiheit schenken.

Ich war entschlossen, meine Pflicht nach bestem Wissen und Gewissen zu erfüllen, während mein Engel weiterhin im Krankenhaus schmachtete. Ich würde Concetta Crocetta keinen Vorwand liefern, sich ein Moped zuzulegen und mich arbeitslos zu machen. Ich muß sagen, wir hatten noch nie so viel zu tun wie in jenem Sommer, und zwar bereits in der Zeit, bevor die Temperatur drastisch anstieg und wir die schlimmste Hitzewelle erlebten, die die Gegend je heimgesucht hatte. Nicht Krankheit, sondern eher gestörtes Wohlbefinden plagte unsere normalerweise so robusten Bürger, und wir waren fast Tag und Nacht unterwegs, um Hausbesuche zu machen.

Besonders großen Kummer verursachte Serafino, das Baby der Fondis, das während des wundersamen Federregens zur Welt gekommen war. Ja, als Serafino Fondi geboren wurde, vor der Tragödie, die meinen Geliebten niederstreckte, waren die winzigen Beulen auf seinen Schultern einzig seiner Mutter aufgefallen, die vor lauter Sorge darüber anfing, ihre Nägel zu kauen.

Später, als die Knötchen unter seiner Babyhaut immer größer wurden, verlegte Belinda Fondi sich auf Täuschungsmanöver und verbarg sie unter selbstgenähten Jäckchen, die sie mit bunten Epauletten, Glöckchen und anderem Flitter schmückte, um jeden Blick von den unvollkommenen Stellen abzulenken. Passanten gerieten in Verzückung beim Anblick des kleinen Engels in den putzigen Wämschen, und eine Zeitlang ging alles gut.

Doch dann begannen Federn aus den Beulen zu sprießen. Anfangs war es nur ein feiner Flaum. Ein Hauch. Allerliebste winzige Daunen wie bei Osterküken und wie das weiche in Polster von Vogelnestern. Belinda Fondi machte sich etwas vor, wollte nicht wahrhaben, daß es so weit gekommen war, doch schon bald war sie gezwungen, der Wahrheit ins Auge zu blicken. Als Mutter und Kind gemeinsam in der alten Blechwanne badeten und Serafino lachte und planschte, sah Belinda, daß die Auswüchse sich zu Flügeln entwickelt hatten. Zugegeben, sie waren winzig, aber es waren Flügel, wohlgeformt und bedeckt mit silbergrauen Federn, von denen die Wassertropfen abperlten.

Belinda Fondi kniff die Augen zusammen und untersuchte die Flügelchen. Vorsichtig berührte sie sie mit den Fingern. Es war einfach unglaublich. Sie fühlten sich an wie die Flügel eines winzigen Vogels. War ihr Baby dabei, sich in einen Vogel zu verwandeln? Es gab niemanden, dem sie sich anvertrauen konnte. Die Leute würden sie für verrückt erklären. Sie würden versuchen, sie im *Manicomio* einzusperren, so, wie sie es mit jedem machten, der sich nicht anpaßte. So vorgestrig, wie die Leute waren, würden sie die Flügel wahrscheinlich für Teufelswerk halten oder Hexerei dahinter vermuten, und wer wußte schon, was dann passieren würde? Nein, sie mußte Stillschweigen bewahren und beten, daß die Flügel wieder verschwinden würden. Also ging Belinda Fondi noch häufiger als zuvor in die Kirche und betete inbrünstiger denn je. Mehrmals täglich und sogar nachts schaute sie mit klopfendem Herzen nach den Flügeln. Aber ihre Augen konnten sie nicht täuschen. Die Flügel wuchsen weiter.

Bald unternahm Serafino seinen ersten Flug. Belinda Fondi, die sich gerade bückte, um einen Kirschkuchen aus dem Ofen zu nehmen, spürte einen Luftzug im Rücken, und als sie sich umdrehte, sah sie das Baby mit flatternden Flügeln durch die Küche fliegen. Belinda Fondi war nicht stolz auf die Worte, die ihrem Mund entfuhren, aber sie hatte sich dermaßen erschreckt, daß sie den heißen Kuchen auf ihren Fuß fallen ließ und sich den Kopf an der Tischkante stieß. Sie befahl ihrem Sohn, augenblicklich herunterzukommen, doch der flatterte unbeirrt weiter. Belinda Fondi kletterte auf einen Stuhl und versuchte vergeblich, das Baby einzufangen, das ihren ausgestreckten Armen immer wieder entglitt. Zu ihrem Entsetzen bemerkte sie, daß das Fenster offenstand, und sie beeilte sich, es zu schließen, aus Furcht, Serafino könnte nach draußen entwischen. Als Romeo, Belindas Ehemann, von der Arbeit nach Hause kam, flatterte das Baby immer noch unverdrossen in der Küche umher, und Belinda, völlig erschöpft von den vergeblichen Versuchen, ihren Sohn einzufangen, war in Tränen aufgelöst.

»Laß ihn nicht raus!« schrie sie, als Romeo die Küchentür öffnete, aber es war zu spät, denn Serafino war bereits im Flur und flog auf die Haustür zu. Bei dem Gedanken, was hätte geschehen können, wäre nicht Concetta Crocetta in diesem entscheidenden Augenblick aufgetaucht und hätte das Baby mit ihrem Schmetterlingsnetz eingefangen, blieb Belinda Fondi jedesmal fast das Herz stehen.

Aus bunten Bändern knüpfte Concetta Crocetta ein Geschirr, mit dem sie Serafino an seinem Bettchen festband, und verabreichte Belinda Fondi, die immer noch völlig aus dem Häuschen war, ein leichtes Beruhigungsmittel. Dennoch war der Schwester nicht ganz wohl ums Herz. So etwas hatte sie in all den Jahren nicht erlebt. Sie machte sich Vorwürfe, weil sie bei Serafinos Geburt die kleinen Höcker für Warzen gehalten hatte, aber daß es knospende Flügel waren, hätte sie unmöglich ahnen können.

Nachdem sie das Haus verlassen hatte, lenkte sie mich in Richtung Montebufo, denn sie würde keine Ruhe finden, ehe sie nicht mit Amilcare Croce über den Vorfall gesprochen hatte. Vielleicht hatte der Doktor ja in einer seiner Fachzeitschriften schon einmal etwas über einen derartigen Fall gelesen.

Gegen acht trafen wir bei dem Doktor ein. Es war kurz vor Sonnenuntergang, und einen Augenblick lang schienen die blauen Schatten ein Eigenleben zu entwickeln. Meine Ohren wirkten plötzlich so lang wie ein Haus, meine Beine so lang wie ein Wolkenkratzer, und Concetta Crocettas Kopf mit der Haube sah aus wie eine Runkelrübe mit einem Durchmesser von einem Kilometer.

Die Schwester hatte den Doktor seit dem Tag, an dem es meinen armen Arcadio niedergestreckt hatte, nicht mehr gesehen, und das war eine ganze Weile her. Zwar war sie an jenem Tag ziemlich optimistisch gestimmt, hatte ihre Hoffnungen jedoch wieder begraben, als sie einander in den folgenden Wochen kein einziges Mal begegnet waren. Sie fürchtete, daß sie wieder bei Null angelangt waren, und ihr war ganz beklommen zumute, als sie den Türklopfer in Gestalt eines Löwenkopfs in die Hand nahm und vorsichtig anklopfte.

Amilcare Croce sah etwas zerknittert, aber dennoch hinreißend aus, als er die Tür öffnete. Die Haare standen ihm zu allen Seiten ab, und er hatte sich seit Tagen nicht rasiert. Das Leinenhemd und die alte Hose, die er anhatte, schienen über die Jahre zu alten Freunden geworden zu sein. Seine Augen wirkten leicht übermüdet. Und sein Geruch versetzte Concetta Crocetta einen Schlag tief in ihrem Inneren, an einer Stelle, die er wohl nie entdecken würde. Er war völlig verdattert, als sie plötzlich vor ihm stand. Sie war die Person, die er, hätte er die Wahl gehabt, just in diesem Augenblick am liebsten gesehen hätte. Und sie war die Person, die er am wenigsten erwartet hatte. Der dünne Schleier der Müdigkeit verflüchtigte sich augenblicklich von seinem Gesicht, und er fuhr sich besorgt durch sein Haar, um einen nicht ganz so verwahrlosten Eindruck zu machen. Er wünschte, er hätte sich rasiert, gebadet, ein frisches Hemd angezogen, sowie er es schon so oft gemacht hatte, wenn eine falsche Hoffnung ihn hatte annehmen lassen, Concetta würde kommen. Aber Concetta Crocetta sah in ihm nur das eine: ihre große Liebe. Eine Welle der

Zärtlichkeit überkam sie, und sie mußte an sich halten, um ihm nicht um den Hals zu fallen, ihn fest an sich zu drücken und nie wieder loszulassen.

Lange starrten sie sich schweigend an, während sie sich durch die vielen Schichten ihrer Sehnsüchte arbeiteten, nach denen sie hungerten. Freude. Hochgefühl. Doch dann machte sich Verzweiflung breit, als all die Schichten des Unmöglichen sich darüberschoben und die Funken erstickten.

Concetta Crocetta war die erste, die von ihren Ängsten eingeholt wurde. Schließlich war sie diejenige, die sich ihm genähert hatte. Sie mußte die Tatsache, daß sie auf so unorthodoxe Weise beim Doktor aufgekreuzt war, mit vernünftigen und nachvollziehbaren Gründen rechtfertigen. Trotz aller guten Vorsätze, die sie auf dem Heimweg aus dem Krankenhaus gefaßt hatte, sah sie sich mit allen alten Verlegenheiten und Peinlichkeiten konfrontiert, und zwar noch schlimmer und bedrückender als zuvor. Und der Doktor lief puterrot an bei dem Gedanken daran, wie dumm er sich bei ihrer letzten Begegnung angestellt hatte. Was so vielversprechend begonnen hatte, war innerhalb von zwei Sekunden zu einem Abgrund der Dummheit und der Scham geworden.

Bemüht, das Zittern in ihrer Stimme zu unterdrücken, berichtete Concetta Crocetta von den seltsamen Symptomen, die sie an dem Baby der Fondis festgestellt hatte. An ihrer rationalen Darstellung hätte niemand, am wenigsten der Doktor, den emotionalen Aufruhr ablesen können, der sich in ihr abspielte. Aber der Bann war gebrochen. So perfekt professionell, wie sie sich gab, kam Amilcare Croce zu dem Schluß, daß sie nichts für ihn empfand, nie etwas für ihn empfunden hatte und daß er sich all die Jahre einer Illusion hingegeben hatte. Doch die Nachricht von einem Baby mit Flügeln weckte seine Neugier. In aller Eile zog er seine Laufschuhe an und schnallte sich seinen Rucksack auf den Rücken, in dem er sowohl Salben und Senfpflaster für den persönlichen Gebrauch als auch die nötigen Utensilien für die Behandlung seiner Patienten aufbewahrte.

Gemeinsam machten wir uns auf den Weg. Obwohl ich gut in Form war, fühlte ich mich durch das Gewicht von Concetta Crocetta auf meinem Rücken behindert. Außerdem hatte ich an jenem Tag bereits viele Meilen zurückgelegt. Sie trat mich gnadenlos in meinen weichen, weißen Unterbauch, doch mit dem durchtrainierten Doktor konnte ich nicht Schritt halten. Auf dem ersten Hügel angekommen, winkte er uns schüchtern zu, dann verschwand er aus unserem Blickfeld.

Auch die Sonne wählte just diesen Augenblick, um hinter den Bergen zu verschwinden, so daß wir mit einem Mal von tiefer Dunkelheit umgeben waren, die unser beider Gemütszustand widerspiegelte. Ein weiterer Tag ging zu Ende, an dem mein Geliebter wie eine Leiche dalag. Wie viele Tage würden noch folgen, bis das quälende Warten ein Ende hatte?

Während Belinda durch das Schlafmittel, das Concetta Crocetta ihr verabreicht hatte, wie leblos dalag, kümmerte Romeo sich um das Baby. Aber irgendwie schaffte er es, das Geschirr nicht richtig festzuknoten und das Fenster offenstehen zu lassen.

Was als nächstes geschah, konnte er später nicht mehr zusammenhängend berichten. Er hatte lediglich ein leises Flügelschlagen gehört, wie bei einem Schwan, der seine Federn ordnete, einen zarten Windhauch gespürt, und im nächsten Augenblick war Serafino fort. Deutlich sichtbar gegen das Licht des dickbäuchigen, wächsernen Mondes flatterte das Baby davon, stieg höher und höher, gefolgt von einem Schwarm weißer Tauben.

Genau in diesem Moment traf der Doktor ein. Im Vorgarten des Hauses wurde er zum hilflosen Zeugen dieser Tragödie. Hätte er es nicht mit eigenen Augen erlebt, er hätte es nicht geglaubt. Romeo Fondi stürzte aus dem Haus, bewaffnet mit dem Schmetterlingsnetz, mit dem Concetta Crocetta das Baby schon einmal eingefangen hatte. Er rannte, was er konnte, und sprang hoch in die Luft, doch es war ein sinnloses Unterfangen. Doktor Croce lief neben dem verzweifelten Vater her. Als Romeo Fondi einsehen mußte, daß sein Sohn ihm entwischt war und daß er sich überlegen mußte, wie er das seiner Frau erklären sollte, warf er sich am Straßenrand zu Boden und weinte bitterlich.

Gemeinsam schauten sie zum Himmel hinauf und sahen zu, wie das geflügelte Baby und der Schwarm weißer Tauben kleiner und kleiner wurden. Irgendwann waren sie nur noch als winzige Punkte vor dem gelben Mond auszumachen, schließlich verschwanden sie ganz und wurden nie wieder gesehen.

Doktor Croce ließ Romeo Fondi weinen, und im nächsten Frühling wuchs an der Stelle, wo seine Tränen auf die Erde gefallen waren, eine ganz neue Wildblumenart, die unter Botanikern in der ganzen Welt großes Aufsehen erregte.

Als Romeo Fondi vom Schluchzen völlig erschöpft war, half Doktor Croce ihm auf die Beine, legte ihm einen Arm um die Schultern und führte ihn langsam zurück ins Haus, wo Belinda Fondi in einem traumlosen Schlaf dahindämmerte und nicht ahnte, daß ihr Baby in die endlosen Weiten des Universums entschwunden war.

Später, nachdem der Doktor die trauernden Eltern so gut es ging getröstet hatte, verließ er das Haus und wanderte eine Zeitlang ziellos umher, ohne zu wissen, wohin er sich wenden sollte. Er begriff nicht, was mit dem Baby passiert war, und er war zutiefst erschüttert. Aus medizinischer Sicht war es nicht zu verstehen. Es gab keine rationale, wissenschaftliche Erklärung für das, was er soeben beobachtet hatte. Aber er glaubte nicht an Zauberei. Oder an den Teufel. Oder an Gott. Überhaupt fiel es ihm leichter, zu sagen, woran er nicht glaubte, als zu erklären, woran er glaubte. Er hatte mit eigenen Augen gesehen, wie das Baby mit Flügeln, die ihm aus den Schultern wuchsen, davongeflogen war. In all den Jahren, die er als Arzt tätig war, hatte er noch nie einen Bericht über ein solches Phänomen gelesen, geschweige denn so etwas erlebt. Wo konnte er eine Erklärung dafür finden?

Doch inmitten dieser chaotischen Welt gab es eine Gewißheit: Concetta Crocetta. Amilcare Croce wußte, daß er sie brauchte. Seine derzeitige Gemütslage, seine Verdrießlichkeit, seine Verwirrung, das Gefühl, nicht im Frieden mit seinem eigenen Körper und seiner eigenen Seele zu leben, ein Fremder in einem fremden Land zu sein, all das führte er darauf zurück, daß er keinen Zugang zu ihr fand. Er hütete sich davor, Concetta Crocetta als Allheilmittel für alles zu betrachten, was in seinem Leben schiefging, aber andererseits hatte er das Gefühl, daß er sich erst anderen Dingen widmen konnte, wenn diese eine Angelegenheit, die seit zwanzig Jahren in der Schwebe hing, auf die eine oder andere Weise entschieden wurde.

Ohne daß er es geplant hatte, stand er schließlich vor unserem Haus. Er wunderte sich selbst, sorgte sich, daß man ihn sehen könnte. Und wenn schon, was spielte das jetzt noch für eine Rolle? Es gab nur eins, was zählte. Daß sie endlich ihm gehörte. Immer wieder ging er um das Haus herum. Wenn er es nur fertigbrächte, zu ihr zu gehen. Sie in seinen Armen zu halten. In ihr zu versinken und die Welt für eine Weile, für immer, zu vergessen.

Aber seine Beine wollten ihn nicht durch das Tor zu ihr tragen. Jedesmal blieb er dort einen Moment lang stehen, nur um erneut um das Haus herumzumarschieren.

Ich war natürlich nicht da, denn am späten Abend machte ich regelmäßig meine Besuche im Krankenhaus, aber als ich nach Hause zurückkehrte, sagte meine empfindliche Nase mir, daß der Doktor eine Menge Zeit am Haus verbracht und auf eine Chance bei meiner Herrin gewartet hatte, genauso, wie ich früher, bevor die Tragödie sich ereignete, stundenlang vor Arcadio Carnabucis Hütte ausgeharrt hatte.

Irgendwann hatte sich der Doktor entfernt. Nachdem er das Haus zum tausendsten Mal umrundet hatte, erkannte er die Zwecklosigkeit des Unterfangens. Concetta Crocetta konnte ihn nicht ausstehen. Sie war am frühen Abend so förmlich gewesen. So barsch und geschäftsmäßig. Er hatte seine Chance bei ihr verpaßt, das war ihm jetzt klar. Sie bestrafte ihn. Wäre er vor Jahren auf sie zugegangen, hätten sie vielleicht ein gemeinsames Glück gefunden. Doch wenn er jetzt noch glaubte, sie würde auch nur einen Funken der Liebe erwidern, die er für sie empfand, machte er sich etwas vor.

Zur gleichen Zeit lag Concetta Crocetta wach im Bett und dachte zähneknirschend darüber nach, wie sie sich mit dem Doktor alles vermasselt hatte. Was war sie doch für eine Närrin. Dümmer, als die Polizei erlaubte. Jedes Wort der gestelzten Unterhaltung mit dem Doktor ging ihr noch einmal durch den Kopf. Eigentlich war es eher ein geschäftliches Gespräch gewesen. Ach, es war zwecklos. Sie war einfach unfähig. Die Kunst der Unterhaltung war ihr abhanden gekommen, und sie wußte einfach nicht, wie sie mit einem Mann reden sollte. Kein Wunder, daß sie eine alte Jungfer war. Und weil sie so unfähig war, würde sie eine alte Jungfer bleiben.

Sie wälzte sich immer noch im Bett herum, als ich in meinen Stall trottete, denn aufgrund meines guten Gehörs wußte ich immer, wann sie eine schlaflose Nacht verbrachte. Wäre sie nur aufgestanden und ans Fenster getreten, dann hätte sie dort im silbrigen Mondlicht Amilcare Croce gesehen, der zwischen den Rosen unter ihrem Fenster stand, und dann wäre alles anders gewesen.

Aber das tat sie nicht. Und der Doktor kehrte langsam und traurig nach Montebufo zurück. Es begann bereits zu dämmern, als er zu Hause eintraf. Vollständig bekleidet kroch er in sein Bett, starrte an den feuchten Fleck an der Zimmerdecke und fand keinen Schlaf. Er überlegte, ob er in eine andere Stadt ziehen, irgendwo anders noch einmal von vorne anfangen sollte. Zwanzig Jahre lang lebte er jetzt schon wie lebendig begraben in diesem deprimierenden Dorf. Nur ihretwegen hatte er es hier so lange ausgehalten. Aber vielleicht war es an der Zeit, der Wahrheit ins Gesicht zu sehen, sie zu akzeptieren und zu neuen Ufern aufzubrechen. Erneut war ihm, als hieße es: jetzt oder nie. Wenn er nicht bald eine Entscheidung traf, würde es zu spät sein. Er würde Zeit brauchen, um sich an einem anderen Ort zu etablieren. Vielleicht sollte er in die Stadt zurückkehren. Für diese langen Dauerläufe querfeldein wurde er allmählich zu alt. Seine Knochen schmerzten. Sein ganzer Körper schmerzte. In der Stadt würden seine Patienten wenigstens alle in der Nähe wohnen. Um von einem Ende der Stadt bis ans andere zu gelangen, würde er eine, höchstens zwei Stunden zu Fuß brauchen. Hier wuchs ihm alles über den Kopf. Er kam als Arzt aus der Übung. Es mangelte ihm an Gesellschaft, an Gesprächen, an Zivilisation. Er rostete vor sich hin wie ein alter Nagel in einem Stück Holz. Von hier wegzugehen war vielleicht die einzige Möglichkeit, Concetta Crocetta aus seinem Herzen zu verbannen.

Gleich dem Doktor und der Schwester verbrachten auch Belinda und Romeo Fondi eine schlaflose Nacht. Das Schmetterlingsnetz fest umklammert, stand Belinda die ganze Zeit am Fenster, in der vagen Hoffnung, ihr Baby könnte vorbeigeflogen kommen. Am liebsten wäre sie in ihren eigenen Tränen ertrunken. Sie wünschte, jemand würde ihr erklären, wie sie das alles ertragen sollte.

Romeo flehte seine Frau an, ins Bett zu kommen, sich ein bißchen auszuruhen, doch Belinda war wild entschlossen, sich nicht zu schonen, solange ihr Baby da draußen herumflatterte. Bis ans Ende ihres Lebens würde sie aus dem Fenster starren. Überall im ganzen Haus kramte sie alles so um, daß sie beim Arbeiten immer nach draußen schauen konnte. Sie lernte, alle Verrichtungen wie eine Blinde auszuführen, damit sie ihren Blick nicht vom Fenster abwenden mußte.

Ihre Augen waren nur noch dazu da, am Himmel nach Serafino Ausschau zu halten. Sie wurde zu einer Expertin darin, das Wetter vorherzusagen. Sie fürchtete die kalten Winde, die von den Alpen im Norden herunterwehten. Allein die Vorstellung, daß ihr nacktes Baby da draußen herumschwirrte, verursachte ihr eine Gänsehaut. Dabei hatte sie ganze Schubladen voll mit warmen Sachen, die sie so liebevoll für ihr Kind gestrickt hatte. Die Bauern aus der gesamten Region und auch andere, für die das Wetter eine wichtige Rolle spielte, kamen von weit her, um sich von ihr beraten zu lassen, denn im Gegensatz zu den Wetterexperten irrte sie sich nie.

Belinda Fondi unterbrach ihre Wache niemals, nicht einmal zum Schlafen, und nach drei Jahren hatte Romeo Fondi, der ein geduldiger Mann war, endlich genug. Nachdem der dritte Jahrestag von Serafinos Verschwinden mit den üblichen Fernsehberichten, Radiosendungen und Zeitungsartikeln vorübergegangen war, riß er seine Frau mitten in der Nacht vom Fenster weg und trug sie ins Bett.

Anfänglich wehrte sie sich ziemlich heftig, doch dann schaute Belinda Fondi ihren Mann zum ersten Mal seit drei Jahren an und verliebte sich aufs neue in ihn. Zum ersten Mal wurde ihr bewußt, daß sie ihn die ganze Zeit vernachlässigt hatte.

Prompt brachte Belinda neun Monate später mit Unterstützung von Concetta Crocetta, der man ihre Rolle in der Tragödie um Serafino mittlerweile vergeben hatte, ein kleines Mädchen zur Welt. Gemeinsam untersuchten die beiden Frauen das Baby aufs allergründlichste, aber keine Spur einer Warze war zu entdecken, nicht einmal ein Muttermal, kein Leberfleck, keine einzige Sommersprosse, nicht der geringste Makel ließ sich finden. Doch Belinda wollte keinerlei Risiko eingehen, und so steckte sie Felice und deren jüngere Brüder Emilio und Prospero stets in selbstgeknüpfte Geschirre, mit denen sie entweder an ihrer Mutter, aneinander oder auch an irgendwelchen Möbeln festgebunden wurden, bis die Kinder an Felices siebzehntem Geburtstag schließlich gegen diese Behandlung rebellierten.

Teil vier

Die Ernte

Aber ich greife schon wieder vor. Kurz nachdem Serafino Fondi davongeflogen war, wurde Primo Castorinis Schinken vom Gesundheitsamt für unbedenklich erklärt. Nun war der Schinken zwar wieder reingewaschen, aber mein Geliebter war immer noch krank. Er lag nach wie vor gefangen in seinem wie leblos aussehenden Körper. Niemand, nicht einmal ich, wußte, daß er bei Bewußtsein war. Die Ärzte und Pfleger im Krankenhaus hatten die Lust daran verloren, nach Lebenszeichen Ausschau zu halten. Fast alle hatten ihn vergessen, ausgenommen ich, Speranza Patti, deren wöchentliche Besuche mich jedesmal fürchterlich eifersüchtig machten, und unser Priester Padre Arcangelo, der nie vergaß, während der Sonntagsmesse ein Gebet für ihn zu sprechen.

Die Vorhänge um sein Bett herum blieben häufig geschlossen, da sein Anblick die anderen Patienten deprimierte. Die Monitore der Geräte, an denen er angeschlossen war, zeichneten keinerlei Lebenszeichen auf und verstaubten zusehends. Eine Spinne webte ihr Netz um Arcadios Zehen. Eine einsame Fliege entwickelte eine Vorliebe für seine Oberlippe, und das Kitzeln machte ihn völlig verrückt, aber natürlich konnte er nichts dagegen unternehmen. Mit jedem Tag, der verging, wurde ihm die Last seines Körpers immer mehr zur Qual.

Ich bin stolz darauf, sagen zu können, daß ich, obwohl er selbst oft verzweifelte, nie die Hoffnung aufgegeben habe. Ich war fest davon überzeugt, daß er eines Tages wieder ins Leben zurückkehren und wie ein Schmetterling aus seinem Kokon schlüpfen würde. Womöglich würde er sogar seine Liebe für mich entdecken, und wir würden einer wundervollen Zukunft entgegensehen. Und so stürzte ich mich Tag für Tag in meine Arbeit und stattete meinem Liebsten Nacht für Nacht einen Besuch ab. Ich kann aufrichtig behaupten, daß meine Gedanken immer bei meinem Arcadio waren, auch wenn er wahrscheinlich nicht an mich gedacht hat.

Zu meinem Leidwesen muß ich gestehen, daß Arcadios Gedanken, während er hilflos dalag, stets um Fernanda Ponderosa kreisten. Da er nichts anderes zu tun hatte, dachte er Tag und Nacht nur an sie. Ebenso wie ich litt er unter den Höhen und Tiefen der Liebe. Wie oft verfluchte ich mein Schicksal und weinte darüber, daß ich nicht der Quell seines Seelenschmerzes war. Seit der Tragödie hockte er meist zurückgezogen in jener am weitesten von der Wirklichkeit entfernten Ecke seines Bewußtseins, wo er vor der Verzweiflung über seine Krankheit Zuflucht suchte. Dort, in seinem stillen Kämmerlein, grübelte er darüber nach, ob sie ihn jemals lieben würde. Wird sie? Wird sie nicht? Wird sie? Wird sie nicht? Als zählte er die Blütenblätter eines Gänseblümchens ab.

Manchmal steigerte er sich in Raserei hinein, malte sich voller Eifersucht aus, was in seiner Abwesenheit passierte, stellte sich vor, wie Primo Castorini sein Verschwinden schamlos ausnutzte und sich bei der zukünftigen Signora Carnabuci einschmeichelte. Diese Gedanken quälten ihn mehr als alle anderen, ließen ihn in Schweiß ausbrechen, der in seinen Augen und in seinen Nebenhöhlen brannte. Was für eine Tortur, nicht niesen zu können!

Obwohl Primo Castorini praktisch von dem Verdacht freigesprochen war, meinen Engel ins Koma versetzt zu haben, kaufte niemand mehr seinen Schinken. Allein der Gedanke an den Schinken drehte den Leuten den Magen um. Dieser Umstand erwies sich natürlich für die Maddalonis und deren Kumpane von der Schweinefleischfabrik Pucillo als großer Vorteil.

Und so blieben die Schinken, die Primo Castorini so liebevoll zubereitet hatte, im Vorratsraum des *Porco Felice* hängen. Aber nicht nur der Vorratsraum war voll. Man konnte regelrecht von Überproduktion sprechen, denn so ein Schinken braucht Jahre, um die richtige Reife zu erlangen, und vor der Tragödie hatte es nie genug davon geben können. Nun waren so viele da, daß sie überall gelagert wurden, wo sich Platz fand. Sie hingen im Flur, in der Küche, auf dem Dachboden, sogar in Primo Castorinis Schlafzimmer.

Zwar war Primo Castorinis Liebesleben auf dem Nullpunkt angelangt, da ihm seit dem Auftauchen von Fernanda Ponderosa die Lust auf jede andere Frau vergangen war, aber dennoch hätte er unter normalen Umständen sein Schlafzimmer nicht mit einem Haufen Schweinefleisch teilen wollen. Die Schinken hingen in sauberen Reihen an den Deckenbalken und starrten ihn an. Selbst im Schlaf spürte er ihre toten, vorwurfsvollen Augen. Was dort oben hing, war außerdem eine Menge totes Kapital, und das machte die Situation noch schlimmer.

Und ob es nun am Wetter lag oder an den Machenschaften seiner Feinde, jedenfalls kamen auch nicht viele Leute in seinen Laden, um Wurst zu kaufen. Sie kamen zwar nach wie vor in die Metzgerei, aber eigentlich kauften sie fast nichts, und das machte Primo Castorini wütend. Die Leute kamen bloß, um zu tratschen.

Das Wetter machte allmählich allen Sorgen. Es herrschte eine unnatürliche Hitze. Die Temperaturen stiegen, als würde eine riesige Hand gnadenlos den Thermostat hochdrehen. Es war eine gleißende Hitze der schlimmsten Art. Die Sonne war eine offene Wunde am Himmel. Die Erde wurde gebacken wie ein Brotlaib in den Öfen der Bäckerei Bordino.

Unser vormals üppiges Gras hatte nicht länger die Farbe von Äpfeln. Es war braun und verdorrt, und es enthielt keine Nährstoffe mehr für das arme Vieh. Die Ernte wurde natürlich ebenfalls beeinträchtigt. Die Tomaten platzten an den Stengeln. Äpfel, Pfirsiche, Birnen, Kirschen und Feigen schmorten an den Zweigen. Die Melonen explodierten wie Artilleriegeschosse, und dem armen Gerberto Nicoletto widerfuhr die Peinlichkeit, daß ihm ein Stück Melonenschale in den Hintern fuhr wie ein Stück Schrapnell. Solch eine Verletzung hatte meine Herrin noch nie gesehen, und obgleich es ihr gelang, das Corpus delicti operativ zu entfernen, gewann Gerberto Nicoletto nie wieder seine Selbstachtung zurück. Er gab die Melonenzucht auf, die seine Familie seit fünfzehn Generationen betrieben hatte, und verdiente fortan seinen Lebensunterhalt als Staubsaugervertreter.

Roggen, Weizen, Mais, Gerste und Linsen, alles wurde schwarz. Sämtliche Rüben auf dem Feld vertrockneten von innen. Alle hatten Angst vor einem Waldbrand, und jeder, der weiterhin unbesonnen Zigaretten rauchte, wurde als potentieller Mörder betrachtet.

Die Wiesen konnten das Vieh nicht länger ernähren. Die armen Schafe in ihrem wolligen Pelz schien es am schlimmsten getroffen zu haben. Sie lagen nur noch auf dem Rücken, die Beine in die Luft gestreckt. Die Schäfer konnten nichts für sie tun. Die Ziegen und Kühe gaben keine Milch mehr, sondern lagen nur noch schlapp im Schatten und fächelten sich mit Ampferblättern Luft zu. Alle Tiere litten an Austrocknung. Nach einer Weile schienen sie regelrecht zu schrumpfen und wurden ganz runzelig. Maria Calenda verbrachte ihre Tage damit, Wasser zu pumpen und ihre Schweine darin zu baden. Es war unmöglich, Butter zu schlagen, und der Käse wollte nicht gerinnen.

Die Hunde drehten durch, und viele mußten erschossen werden, einschließlich Max, dem Hund meines armen Arcadio, der schon Schaum vor dem Maul hatte. Viele betrachteten das natürlich als böses Omen. Auch die Katzen spielten verrückt. Dann die Spinnen. Auf einmal webten sie Netze, die aussahen wie Ringellocken. Die Fliegen machten sich nicht mehr die Mühe, umherzufliegen, sondern hockten nur noch reglos da und warteten auf den Tod. Auf den Straßen und in Hauseingängen sah man erschöpfte Ratten liegen.

Sentimenti italiani

Als Fernanda Ponderosa eines Tages von der Metzgerei nach Hause kam, entdeckte sie, daß ihr Affe Oscar Zwillinge zur Welt gebracht hatte. Er saß oben auf seinem Käfig und säugte die winzigen Geschöpfe, die nicht größer waren als Granatäpfel. Oscar schaute Fernanda vorwurfsvoll an, weil sie nicht rechtzeitig etwas unternommen hatte, doch Fernanda hatte tatsächlich nichts geahnt. Ihr war noch nicht einmal aufgefallen, daß der Affe dicker geworden war, obwohl die Matrosenanzüge, die sie ihm jeden Tag anzog, deutlich enger saßen. Sie nannte die Babys Sole und Luna, Sonne und Mond, und betrachtete ihre Geburt als gutes Omen, wenn es sie auch nach wie vor wunderte, daß sie von ihrer Geburt vollkommen überrascht worden war.

Die wohlgenährten Bürger der Stadt konnten sich nicht erinnern, je einen so heißen Sommer erlebt zu haben. Sie wurden schlapp und träge, hatten auf nichts mehr Appetit, nicht einmal auf Bordinos Brot. Susanna Bordino, die nicht wie alle anderen in der ganzen Gegend an Übergewicht litt, war die einzige, die sich trotz der Hitze wohl fühlte, und je mehr sie damit prahlte, um so unbeliebter machte sie sich. Aber Luigi Bordino war es ganz recht, daß das Geschäft schlecht ging. Er zog in Erwägung, die Bäckerei zu verkaufen. Er würde eine Menge Geld dafür bekommen, und dann hätte er mehr Zeit, um Fernanda Ponderosa den Hof zu machen. Brot bedeutete ihm nichts mehr. Als hätte sie seine Gedanken gelesen, plante Susanna Bordino ihren nächsten Schachzug, und wäre Luigi nicht vor Liebe blind gewesen, dann hätte er mit Schaudern gesehen, wie sie den bösen Blick auf ihn richtete.

Während die meisten Leute den lieben langen Tag über nur herumlagen und über die Hitze jammerten, gelang es einigen geschäftstüchtigen Individuen, die schwierige Situation zu ihrem Vorteil zu nutzen. Sebastiano Monfregola, der Barbier, hatte noch nie so viel zu tun gehabt. Bei der Hitze wuchsen den Leuten die Haare so schnell, daß manche jeden Tag zum Haareschneiden kamen.

Fedra Brini hatte angefangen, anstelle von Segeln Kleider aus ihren Spinnennetzen herzustellen. Es waren hauchfeine Kleider, so leicht wie ein Flüstern und noch dazu sehr schick, und sie verkaufte sie zu einem beachtlichen Preis.

Meine Herrin, die stets zuerst an ihre Pflicht dachte, war natürlich weiterhin unermüdlich in der ganzen Region unterwegs, um die Kranken und die Verletzten zu versorgen.

Wie zu erwarten, mußten wir außergewöhnlich viele Sonnenstiche und Hautausschläge behandeln. Ungeahnt zahlreiche Varianten von Hautausschlägen traten auf, von violetten Flecken bis zu grünem Schimmelpilz und farbenfrohen Ekzemen, die aussahen wie Tätowierungen. Auch andere merkwürdige Phänomene waren zu beobachten. Amelberga Fidotti, deren Hormonhaushalt durch die Hitze völlig durcheinandergeraten war, bekam plötzlich einen Bart. Berardo Marta wuchs ein Knoten auf der Schulter, so groß, daß er wie ein zweiter Kopf aussah, und viele Leute mieden ihn, weil sie das Gebilde für Teufelswerk hielten. Diejenigen, die besonders übergewichtig waren, litten an Zuckungen und schrecklichen Schweißausbrüchen, die so heftig waren, daß sie feuchte Spuren hinter sich herzogen wie Schnekken. Meine Herrin konnte nicht mehr tun, als diesen armen Menschen zu raten, sich möglichst im Schatten aufzuhalten und viel zu trinken, doch schon bald gingen die Wasservorräte zur Neige.

Selbst nachts ließ die Hitze nicht nach. Immer mehr Leute schliefen auf ihrer Veranda, in der Hoffnung auf eine kühle Brise.

Das Wasser wurde immer knapper. Wochenlang hatte es nicht geregnet. Die Flüsse und Bäche trockneten aus. Der See verdampfte komplett, so daß die Schwäne auf dem Trockenen saßen. Der Schlamm in den Bachbetten und auf dem Grund des Sees verwandelte sich in Staub und wurde vom Wind davongetragen. Schon bald war nicht mehr zu erkennen, wo die Bachbetten sich befunden hatten. Alle hatten dauernd Staub in den Augen. Belinda Fondi wurde ständig von Leuten belagert, die von ihr wissen wollten, wann es wieder regnen würde, aber sie konnte es ihnen einfach nicht sagen. Es gab nicht das geringste Anzeichen für einen Wetterumschwung. Der Himmel war so blau, daß er in den Augen blendete.

Doch es kam noch schlimmer. Tief unter der Erde war ein dumpfes Grummeln zu hören. Mitten in der Nacht ächzte und stöhnte es, manchmal sogar am Tag. Jedem war klar, daß die Erdoberfläche drauf und dran war, aufzubrechen. Es war nicht mit einem der üblichen leichten Erdbeben zu rechnen, welche die Gegend immer wieder erschütterten.

In den Straßen taten sich Löcher auf. Steine brachen aus den Mauern. Im Kirchturm lösten sich die Glocken aus ihrer Verankerung und bimmelten unaufhörlich, obwohl niemand sie läutete. Auch sämtliche Uhrwerke waren betroffen, und niemand wußte mehr, wie spät es war.

Susanna Bordino lief mehrmals täglich nach draußen, um die Mauern der Bäckerei in Augenschein zu nehmen, und jeder neue Riß versetzte ihr einen Schrecken. Bäume wurden entwurzelt, die Erde brach auf.

Im Olivenhain meines geliebten Arcadio reagierten die Bäume, die seit tausend Jahren dort standen, auf den Druck unter ihren Wurzeln und begannen umherzutanzen. Der Geist von Remo Carnabuci, der den Hain über alles geliebt hatte, spielte verrückt. Er verfluchte seinen glücklosen Sohn, verlangte, er solle aufhören, tatenlos in seinem Krankenbett herumzuliegen, und sich statt dessen an die Arbeit machen. Aber selbst wenn Arcadio in der Lage gewesen wäre, sein Bett zu verlassen, hätte er nichts ausrichten können.

Die Hütte, in der mein Geliebter gewohnt hatte, wurde unter einem Erdrutsch begraben, so daß er nun nicht nur bewußtlos, sondern auch noch obdachlos war. Seine wenigen bescheidenen Habseligkeiten, die unter dem Geröll lagen, wurden von skrupellosen Plünderern geraubt.

Einige flüchteten aus der Region. Sie packten ihre Siebensachen zusammen und machten sich auf den Weg nach Norden oder Süden, Osten oder Westen, in der Hoffnung, dem nahenden Erdbeben zu entkommen. Selbst Neddo, der Einsiedler, verließ seine Klause und kehrte zu seiner Frau und seinen zwölf Kindern zurück, die in der Nähe von Fano an der Küste lebten. Das war ein schrecklicher Schlag für uns, da Neddo, der seit vielen Jahren in den Bergen hauste, von seinen Mitbürgern als Weiser verehrt wurde. Wie zu erwarten, verschwand er ohne ein Wort und barfuß, den Rucksack über der Schulter, aus der vom Unheil geschüttelten Gegend und aus unserem Leben. Einige folgten Neddo, doch die meisten blieben. Schließlich war dies unsere Heimat, und selbst wenn sie zerstört werden sollte, was sollten wir irgendwo anders? Allgemein herrschte das Gefühl, daß irgend etwas kurz vor dem Explodieren stand.

Im Porco

Felice, in dieser abgeschirmten Welt, kündigte sich Unheil an. Zu lange hatten die geschäftlichen Sorgen auf Primo Castorini gelastet. Fidelio würde nie wieder zurückkehren. Primo hatte keine Söhne, die die Metzgerei irgendwann weiterführen könnten. Eines Tages würde er sich sowieso von seinem Laden trennen müssen. Warum nicht jetzt gleich? Sollte Pucillos Schweinefleischfabrik das Geschäft doch allein machen. Was interessierte ihn das? Von dem Geld, das der Verkauf der Metzgerei ihm einbrachte, würde er sich eine Jacht kaufen und zusammen mit Fernanda Ponderosa auf und davon segeln. Fort von allen und allem und endlich mit ihr allein sein.

Selbst der Schweinemetzger kapitulierte vor der Hitze. Die Metzgerei war einst eine kühle und stille Oase gewesen, aber es war unmöglich, die Hitze draußen zu halten. Sie drang durch die Ritzen zwischen den Dachpfannen, durch die Schaufensterscheiben, obwohl Fernanda sie mit Leinentüchern verhängt hatte. Sie kroch durch die Wände herein, durch Ziegelsteine und Mörtel, sie schlängelte sich unter den Türen durch. Hinzu kam, daß Primo Castorini selbst Hitze erzeugte. Ja, er verströmte sie. Auf seiner Haut hätte man Spiegeleier braten können. Und das lag nicht etwa am Wetter. Es lag daran, daß das Blut in seinen Adern kochte. Es kochte vor Verlangen nach Fernanda Ponderosa.

Tatsächlich war es in der Metzgerei heißer als draußen. Es konnte nicht mehr lange dauern, bis die ganze Ware verdarb. Gepökeltes Schweinefleisch hält sich länger als frisches, aber schon bald würde die Hitze die Schinken ruinieren, die überall im Haus hingen. Wenn es nicht bald abkühlte, mußten drastische Maßnahmen ergriffen werden. Zwar war es im Kühlraum nicht mehr kalt, aber immer noch kühler als sonstwo, und Primo schloß sich dort ein, um seinen Träumen nachzuhängen.

Er war nach wie vor weit davon entfernt, Fernanda Ponderosa zu verstehen oder zu ihr durchzudringen. Sie gab sich ihm gegenüber unverändert reserviert, sie war höflich, aber kühl. Es bestand kein Zweifel daran, daß er ihr verfallen war, doch er hatte nicht die geringste Ahnung, was sie für ihn empfand.

Natürlich wußte sie etwas, das er nicht wissen konnte: Ihr Aufenthalt an diesem Ort näherte sich seinem Ende, und schon sehr bald würde sie sich wieder auf den Weg machen. Aber bevor es soweit war, das wußte sie auch, würden sie und der Schweinemetzger in Liebe vereint sein.

Als sie eines Nachmittags vom Einkaufen zurückkehrte, eilte sie in den Kühlraum, um ein wenig Erfrischung zu finden. Schweißperlen glänzten auf ihrer Oberlippe, und sie verströmte einen Duft wie eine reife

Melone, die nur darauf wartete, daß man ihren verführerischen Saft kostete. So jedenfalls schien es Primo Castorini.

Was an jenem Morgen begonnen hatte, als er das frischgeschlachtete Schwein ausgeweidet hatte, sollte endlich seine Erfüllung finden. Den ganzen heißen, drückenden Sommer über hatte es vor sich hin geschmort wie ein Kochtopf auf dem Herd. Jetzt stand der Topf kurz vor dem Überkochen.

Ihre Augen versengten ihn wie ein Brandeisen. Langsam, zielsicher, ging sie auf ihn zu. Es war, als bewegte sie sich in Zeitlupe. Und sie blieb nicht stehen.

Dann küßte sie ihn. In Zeitlupe öffneten sich ihre Lippen und näherten sich ihm, suchten ihn, und als sie auf die seinen trafen und mit ihnen verschmolzen, lösten sie ein Beben aus, das die Erdstöße, die die Gegend in den letzten Wochen erschüttert hatten, wie Blubberblasen erscheinen ließ. Schockwellen gingen durch Primo Castorinis Lenden, schossen ihm in die Beine, den Rücken hoch und die Arme entlang, er spürte sie bis in die Haarspitzen, sie pulsierten durch seinen Körper, als stünde er unter Strom. Ein gigantischer Damm brach ein. Primo Castorini gab sich der gewaltigen Gier nach Fernanda Ponderosa hin, dem überwältigenden, unersättlichen Verlangen, das ihn umtrieb, seit er sie zum ersten Mal gesehen hatte.

Fernanda Ponderosas Hände erkundeten die Landschaft seines Körpers. Es war unerforschtes Gebiet, und sie fühlte sich wie eine Landvermesserin. Sein Fleisch war fest und fühlte sich dennoch durch den festen weißen Stoff seiner Latzhose geschmeidig an. Sie wollte die

Latzhose wie eine Apfelsinenschale abziehen und erkunden, was sich darunter befand. Plötzlich fühlte er sich befreit von seiner beengenden Kleidung. Luft berührte seine Haut und spendete ihm Kühlung. Es bestand kein Zweifel, daß es um ihn geschehen war.

Auch seine Hände wanderten über ihren Körper. So etwas hatte er noch nie gefühlt. Den Bruchteil einer Sekunde war er der Verzweiflung nahe, als er erkannte, daß sein Leben nicht ausreichen konnte, um ihren Körper so ausgiebig zu berühren, wie er es ersehnte. Gleichzeitig wußte er, daß er sein ganzes Leben in diesem Augenblick ausleben mußte. Der Rest seines Lebens schien ihm mit einem Mal unwichtig. Würde er einfach so sterben können?

Die Geister all der Würste, die er in diesem Raum hergestellt hatte, schienen sie mit wachsamen Augen zu beobachten. In jeder marmornen Oberfläche, in jedem stählernen Werkzeug, das an den Wänden hing, war das Spiegelbild der Liebenden zu sehen.

Schließlich gewann Primo Castorinis männlicher Stolz die Oberhand. Kurz entschlossen nahm er Fernanda auf die Arme. Sie fühlte sich schwerelos, seine Arme waren so stark. Sie spürte die kräftigen Muskeln des Metzgers.

Doch dann hob sie abwehrend eine Hand.

»Nicht hier, nicht jetzt, nicht so«, sagte sie atemlos. »Komm heute nacht zu mir.«

Vorsichtig, als wäre sie ein rohes Ei, stellte er sie auf die Füße. Sie konnte nicht ahnen, was ihn das kostete. Sein gewaltiger Brustkorb hob und senkte sich. Er trat einen Schritt zurück, den Kopf hoch erhoben, und schaute sie so durchdringend an, daß nun sie es war, die wankte. Seine schwarzen Augen bohrten sich in die ihren, als suchten sie dort etwas, das sie sonst nirgends finden konnten. Mußte er sie wirklich gehenlassen?

Ja, das mußte er. Er mußte es erneut ertragen, sie fortgehen zu sehen, aber er schwor sich, daß es das letzte Mal sein würde. Nach der Nacht, die ihnen bevorstand, würde sie ihn niemals wieder verlassen. Dafür würde er sorgen. Er verriegelte die Tür hinter ihr und stieß einen Schrei aus wie ein Stier auf dem Feld.

Vergeblich versuchte er, sich zu beruhigen. Endlich hatte er sie. Oder würde sie haben. In der Gewißheit, daß er sie später besitzen würde, konnte er seine Frustration ertragen. Aber wie sollte er die Stunden bis zum Abend überstehen? Und um welche Uhrzeit erwartete sie ihn? Ach, welche Rolle spielten diese Einzelheiten? Jetzt war es vier Uhr. Er würde um sieben zu ihr gehen. In drei Stunden.

Trotz der Hitze brauchte er ein Bad. Er ließ die Wanne randvoll laufen, so daß das Wasser überschwappte, als er sich hineinlegte, und sich auf die Fliesen ergoß. Das Wasser war heiß, aber es tat gut. Es entspannte ihn. Er lag in der Wanne und ließ sich von dem Wasser umspülen. Dampf erfüllte den Raum wie Nebel. Bei jeder seiner Bewegungen tröpfelte noch mehr Wasser über den Wannenrand, plätscherte auf den Boden. In weiter Ferne hörte er ein Donnergrollen.

Er wagte nicht, sich vorzustellen, was er tun würde, wenn sie ihn abwies. Diese Möglichkeit wollte er erst gar nicht in Betracht ziehen. Allein der Gedanke daran würde ihn um den Verstand bringen. Also lieber nicht mehr daran denken.

Er wußte, daß er nicht versagen würde. Er war ein gestandener Mann. Zum Glück hatte er es seit Wochen nicht getan. Desto besser, da hatte er noch einige Reserven. Er öffnete das Verlies, in dem seine Ängste hausten, und warf die Angst vor Abweisung und die Angst vor Versagen auch noch hinein. Dann verriegelte er die Tür und warf den Schlüssel fort.

Er blieb in der Wanne, bis seine Haut vom warmen Wasser ganz aufgeweicht war. Dann rasierte er sich, parfümierte seinen ganzen Körper, zog seinen besten Anzug und seine besten Schuhe an und wartete, bis es Zeit war, aufzubrechen.

Drüben in

Montebufo, wo die Erde in der Ebene selbst am späten Nachmittag noch brutzelte wie in einer Bratpfanne, lag Amilcare Croce im Schatten eines Kirschbaums und las. Er trug überhaupt nichts anderes mehr als seine Sportshorts und ein Unterhemd, alles andere war ihm zu warm. Es herrschte eine unheimliche Stille. Selbst die Zikaden schwiegen. Überall im braunen Gras lagen vertrocknete Eidechsen.

Neuerdings verbrachte der Doktor viel Zeit mit dem Lesen von Fachzeitschriften, die nur noch in unregelmäßigen Abständen in seinem Briefkasten landeten, da der Postbote Carmelo Sorbillo lieber hinter dem Schalter döste, statt die Post auszutragen.

Die Hitze hielt den Doktor vom Laufen ab: Er schaffte es einfach nicht mehr. Aber ohne das Laufen, das ihm stets eine willkommene Ablenkung gewesen war, fühlte er sich orientierungslos. Er versuchte, nicht an meine Herrin zu denken, die er seit Ewigkeiten nicht mehr gesehen hatte, indem er sich mit neuen und erstaunlichen medizinischen Theorien beschäftigte. Aber natürlich setzte er keine davon in die Tat um. Er war ein Mann der Theorie. Er liebte die Theorie. Während er dort auf dem Rücken lag und in den Himmel hinaufschaute, wo die wütenden Farben des Sonnenuntergangs darauf schließen ließen, daß sich ein fürchterliches Gewitter zusammenbraute, wurde ihm mit einem Mal klar, daß sein Leben nur noch aus theoretischen Übungen bestand, und das traf ihn wie ein Schock.

Er war wie gelähmt vor Verzweiflung darüber, daß es so weit gekommen war. Seine Zukunft war einmal so vielversprechend gewesen. Als er Student war, ja, schon als er ein kleiner Schuljunge war, hatten alle große Hoffnungen in ihn gesetzt. Er würde derjenige sein, der alle Preise gewann, er würde die Welt verändern, er würde den Weg zum Ruhm beschreiten. Und was war geschehen? Wie hatte alles nur so schieflaufen können? Er hatte nichts getan. Nichts. Er hatte seine Arbeit vernachlässigt, seine Karriere sausenlassen. Er war noch nicht einmal in der Lage, eine Frau zu lieben. Plötzlich war er rasend vor Wut. Er hatte sein Leben ruiniert, es war ein einziges Chaos.

Als er aus seinen Gedanken aufschreckte, stand er innerlich ebenso in Flammen wie der rote Abendhimmel. Er stand auf, warf die Zeitschrift in die Hecke, ließ alles stehen und liegen, ließ das Radio in der Küche an und die Tür offenstehen und verließ das Haus. Er nahm sich nicht einmal die Zeit, Schuhe anzuziehen.

Die Straße, die an seinem Haus vorbeiführte, war so heiß wie glühende Kohlen, und jedesmal, wenn seine vom Schweiß feuchten Fußsohlen den Asphalt berührten, war ein leises Zischen zu hören. Fluchend hüpfte

Amilcare Croce auf und ab, dann begann er zu laufen. Er machte lange, kräftige Schritte und bemühte sich, nur mit den Zehen aufzutreten, damit es an den Sohlen nicht so brannte. Er wußte selbst nicht, wohin er unterwegs war. Ohne nachzudenken setzte er einfach einen Fuß vor den anderen. Er hatte keinen Plan. Wollte er einfach immer und immer weiterlaufen? Die Gegend ohne ein Wort des Abschieds verlassen und nie wieder zurückkehren?

Er spürte, wie die heiße Luft seine Haut versengte. Seine Haare knisterten. Er erhöhte sein Tempo. Trotz der Hitze rannte er schneller denn je. Sein innerer Zorn brannte heller als die wütende Sonne und erfüllte ihn mit unerschöpflicher Energie, die seine langen Beine mit Treibstoff versorgte. Die Leute, die ihm begegneten, wunderten sich. Sein Nachbar, Giuseppe Mormile, sah ihn wie einen flammenden Kometen vorüberzischen und schlurfte hinüber zu seiner Frau Immacolata, die sich halbherzig an dem zu schaffen machte, was von ihrem Kohlbeet übriggeblieben war. »Schau«, sagte er und zeigte auf den Doktor, der eine riesige Staubwolke aufwirbelte. Die rote Abendsonne hatte sich violett gefärbt, ein schlechtes Omen.

Immacolata konnte das alles nicht verstehen. Es war, als hätte jemand das Uhrwerk der Welt aufgezogen und so eingestellt, daß es schneller lief. Sie hatte es lieber langsam und gemächlich. Während sich alles um sie herum beschleunigte, kümmerte sie sich um ihre Kohlköpfe und bewegte sich ebenso träge wie die Schnecke, die über die Kohlblätter kroch. Die beiden bewahrten ihre Ruhe in einer Welt, die plötzlich verrückt spielte.

Sentimenti italiani

Der Doktor rannte weiter, ohne darüber nachzudenken, wohin. Er vertraute einfach seinen Beinen. Sie würden ihn schon an den richtigen Ort bringen. Er würde mit ihnen gehen. Er war der Sklave seiner Beine. Er atmete tief, und die Luft strömte so gleichmäßig in seine Lungen und wieder heraus, daß es ihm vorkam, als hätte er noch nie zuvor geatmet. Sein Atem gab ihm Kraft, verlieh seinen Beinen Schnelligkeit und drängte ihn vorwärts.

Erst als er die Straße erreichte, in der Concetta Crocetta lebte, wurde ihm klar, daß dies von Anfang an sein Ziel gewesen war. Daß seine Beine ihn nicht zufällig hierhergetragen hatten. Trotz der glühenden Hitze war er nicht einmal außer Atem. Ja, während des Laufens waren die Jahre von ihm abgefallen, und er sah aus wie fünfundzwanzig, nicht wie fünfzig. Seine Haut schimmerte jung und gesund. Und dann, als er all das akzeptierte, breitete sich ein Lächeln auf seinem Gesicht aus.

In der Via Alfieri hatten sich bereits eine Menge Leute unter Sonnenschirmen versammelt, um mit dem Doktor und der Schwester zu feiern. Alle lachten und klatschten. Sogar die städtische Blaskapelle war in voller Uniform zur Stelle, und die Musiker kämpften sich im Schweiße ihres Angesichts durch ein Potpourri von Melodien, während die Majoretten ihre Batons durch die Luft wirbelten.

Doktor Croce jedoch sah und hörte nichts von alldem. Für ihn war die Welt auf seltsame Weise still. Er hörte nichts als das Rauschen seines Bluts in den Ohren und die Stimme seines Herzens, die laut den Namen Concetta Crocetta rief.

Meine Herrin hockte in ihrem Häuschen und bekam von dem Trubel, der sich auf der Straße abspielte, nichts mit. Nachdem sie mir im Stall meinen Hafer in die Futterkrippe geschüttet hatte, saß sie nun in der Küche am Tisch und verschlang einen Becher Eiskrem. Ihr Haar hatte sie hastig zu einem Knoten zusammengesteckt, und sie trug nichts als ein seidenes Höschen, und selbst das war ihr noch zu warm.

Der Doktor fühlte sich wie im Traum, obwohl er hellwach und bei vollem Bewußtsein war. Sein Körper schien sich von ganz allein zu bewegen, ohne daß von seinem Gehirn irgendwelche Befehle kamen. Selbst wenn er es gewollt hätte, was nicht der Fall war, hätte er seinen Körper nicht daran hindern können, bis zum Ende auszuführen, was er sich vorgenommen hatte. In seinen Knochen, Sehnen und Zellen, in seinem Blut waren die Erinnerungen an all das gespeichert, was er im Verlauf der vergangenen zwanzig Jahre hätte tun sollen und nicht getan hatte.

Ohne anzuklopfen, öffnete er die Hintertür, ganz so, als käme er nach Hause, und ging in die Küche. Er war noch nie im Haus meiner Herrin gewesen. Aber es überraschte Concetta Crocetta nicht, zu sehen, wie die Tür sich öffnete und der hochgewachsene Doktor, der sich bücken mußte, um nicht mit dem Kopf gegen den Türrahmen zu stoßen, ihre Küche betrat. Keiner der beiden war befangen oder verlegen. Einem aufmerksamen Beobachter wäre nicht entgangen, wie Concetta Crocetta den Löffel, den sie gerade zum Mund führen wollte, in den Becher mit der Eiskrem steckte.

Lange schauten sie einander tief in die Augen, so, wie

sie es seit Jahren herbeigesehnt hatten. Jeder schien in den Augen des anderen zu schwimmen, in aller Ruhe die verborgenen Tiefen und geheimen Ecken zu erkunden, und instinktiv war ihnen alles klar.

Daß der Doktor ungebeten in ihr Haus kam, daß sie aufhörte, ihr Eis zu essen, und nicht im geringsten peinlich berührt war, schien auf einmal das Selbstverständlichste auf der Welt zu sein. Aber dieser Augenblick konnte natürlich nicht ewig dauern, und mit einem Riesenschritt seiner langen Beine durchquerte der Doktor den Raum, und zum erstenmal stand er nicht als Arzt, sondern als Mann vor Concetta Crocetta.

In der Via

Alfieri stand in der Küche des Hauses Nr. 37 die Zeit still, während der Doktor und die Schwester nachzuholen versuchten, wonach sie sich zwanzig Jahre lang voller Leidenschaft gesehnt hatten. Von dem drohenden Grummeln des sich nähernden Gewitters bekamen sie nichts mit.

Die Luft war wie elektrisch aufgeladen. Die Spannung wuchs. Alle saßen wie auf heißen Kohlen. Das Gewitter würde bestimmt kommen und kühlere Temperaturen und den dringend benötigten Regen mitbringen. Die Leute malten sich aus, wie sie nackt in den Regen hinauslaufen und jubeln, wie sie die eiskalten Tropfen auf dem Körper fühlen würden, wie sie vor lauter Glück darüber, daß diese schreckliche Hitze endlich vorüber war, tanzen, lachen und singen würden, ohne sich auch nur ein bißchen zu schämen.

Zuerst kam der Donner, dessen Widerhall Primo Castorini gehört hatte, als er genüßlich in seiner Badewanne lag. Zumindest hörte es sich an wie Donner. Viele waren jedoch überzeugt, daß es das Krachen der Erde war, die unter ihren Füßen aufbrach. Fürchterliche Donnerschläge ließen die Wölfe in den Bergen aufheulen. Sie rollten über die Ebene, wurden von den Hängen zurückgeworfen, vermengten sich mit ihrem Echo und steigerten sich zu einem Höllenlärm. Die Kühe auf den Feldern begannen laut zu muhen, sie stießen so unheimliche Laute aus, daß es allen, die es hörten, kalt über den Rücken lief.

Das Donnern ließ nicht nach. Es hielt so lange an, daß die Menschen in der ganzen Gegend schon befürchteten, daß weiter nichts passieren würde. Daß es keinen Sturm, keinen Regen geben, daß die Hitze kein Ende nehmen würde.

Dann, viel später, als wir die Hoffnung schon fast aufgegeben hatten, riß ein Blitz den Himmel auf und entblößte ihn. Der Himmel wurde weiß und blieb weiß.

In dem blendendweißen Licht verließ Primo Castorini die Metzgerei und machte sich auf den Weg zu seinem Elternhaus. Nichts konnte ihn mehr zurückhalten. Er würde zu Fernanda Ponderosa gehen, und er würde sie besitzen. Entschlossen marschierte er drauflos, alle, die ihn sahen, wußten genau, wohin er ging und was er tun würde, wenn er dort eintraf.

Derselbe Blitz, der für Primo Castorini das Startzeichen gewesen war, löste allerhand erstaunliche Phänomene aus. Ereignisse, die niemand hätte vorhersagen können.

Er weckte einen Schläfer auf. Ja, er weckte Fidelio Castorini, der seit Silvanas Tod vor neun Monaten in einer Höhle in den Bergen lag, aus dem Koma. Fidelio schlug die Augen auf und starrte in das blendendweiße Licht überall um ihn herum. Sein Verstand war völlig vernebelt. Er wußte nicht, wo er war und warum er dort war. Er hatte keine Erinnerung an die Katastrophe, die ihn dazu veranlaßt hatte, sich in die Einsamkeit der Berge zurückzuziehen. Der Boden war hart. Es war blanker Fels. Fidelio Castorini setzte sich auf. Sein ganzer Körper war steif. Wo war er? Er erkannte überhaupt nichts. Aber das Licht zeigte ihm den Weg aus der Höhle, und vorsichtig rappelte er sich auf und schlurfte hinaus in die Nacht. Draußen angekommen, wußte er, wo er war. Er stand auf dem höchsten Berg in der Gegend, und im weißen Licht konnte er die ganze Ebene überblicken, die sich unter ihm meilenweit erstreckte. Angestrengt spähte er in die Ferne, wo sein Zuhause war. Er würde nach Hause gehen.

Der gewaltige Blitz weckte einen zweiten Schläfer. Meinen Arcadio, meine große Liebe. Freudentränen füllen meine Augen noch heute, wenn ich daran denke. Er lebte, er wurde mir zurückgegeben. Ja, der Blitz reichte bis nach Spoleto, wo er durch das Fenster hinter dem Bett meines Geliebten in das Krankenhaus eindrang. Er fuhr in die verstaubte Maschine, an die Arcadio angeschlossen war, und ließ einen Funkenregen sprühen. Der Strom schoß durch die Drähte direkt in den reglosen Körper meines Olivenbauern, raste durch seine Nervenbahnen, löste irgendwo in seinem Gehirn einen Kurzschluß aus und brachte ihn mit einem Ruck zurück ins Leben. Ein Rauchwölkchen stieg aus seinem Kopf auf, und in der ganzen Station stank es nach verbranntem Gummi.

Augenblicklich saß er kerzengerade im Bett und riß sämtliche Kabel heraus, die überall in seinem Körper und in seinem Kopf steckten. Der Augenblick, den er so lange herbeigebetet hatte, war ganz plötzlich und ohne Vorankündigung da. Wenn das ein Traum war, dann würde er tausend qualvolle Tode sterben. Während die anderen Patienten unter ihren Laken bibberten und mit den Zähnen klapperten, sprang mein Held aus dem Bett und rannte den Korridor hinunter, fest entschlossen, sich auf dem schnellsten Weg zu Fernanda Ponderosa zu begeben. Ja, zu meinem großen Kummer muß ich gestehen, daß er selbst in jenem entscheidenden Augenblick keinen einzigen Gedanken an mich verschwendete.

Mit nichts als seinem verschossenen Schlafanzug am Leib trat er aus dem Gebäude, schnappte sich das Moped der Nachtschwester Carlotta Bolletta, ließ den Motor aufheulen und knatterte los. Er hatte noch nie ein Moped gefahren, aber das spielte keine Rolle. Jetzt war er zu allem fähig. Carlotta Bolletta, die auf den Parkplatz gelaufen kam, schaute ihm mit vor Staunen offenem Mund nach.

Während Primo Castorini durch die Straßen stapfte, donnerte es ohne Unterlaß. Es war, als würde jeder seiner Schritte einen erneuten Donnerschlag auslösen. Er hatte eine Stunde für den Weg veranschlagt, der normalerweise nur zehn Minuten in Anspruch nahm. Aber anstatt langsam zu gehen, bewegten sich seine Beine immer schneller. Er konnte sie nicht aufhalten. Auf diese Weise brauchte er für den ganzen Weg nur fünf Minuten, was zur Folge hatte, daß er zu früh kam. Aber er konnte einfach nicht länger warten. Allein der Gedanke war lächerlich.

Fast im Laufschritt durchquerte er den Garten, wo die

acht Schildkröten auf den Regen warteten. Sie wußten, daß der Regen kommen würde, und sie wollten die ersten sein, die die Tropfen auf dem Rücken fühlten. Sie freuten sich darauf, zu spüren, wie das Wasser ihnen auf den Panzer pladderte, über den runzligen Hals lief und ihnen den Kopf und die schuppigen Beine erfrischte.

Die Haare des Metzgers dienten als Leiter für all die Elektronen in der Atmosphäre und wirkten lebendiger denn je. Vielleicht waren es aber auch seine außer Rand und Band geratenen Hormone. Wie auch immer, seine Haare waren vorbereitet auf den Abend, der ihm bevorstand, ebenso wie der Rest seines Körpers. Er war wuchtiger als gewöhnlich. Irgendwie schien er nicht nur breiter, sondern auch größer geworden zu sein. Sein Hemd spannte über der Brust, auch seine Hose platzte fast in den Nähten. Sein Körper konnte es nicht erwarten, endlich alle Kleider abzuwerfen wie ein Reptil, das sich häutet. Nach all den Verdrängungen in den vergangenen Wochen, die ihn regelrecht hatten schrumpfen lassen, war er wieder zu voller Größe aufgeblüht. Er war unwiderstehlich.

Im grellen Licht zeichnete sich seine massige Gestalt in dem durchsichtigen Fliegengitter der Eingangstür ab. Oscar und seine Babys hockten ängstlich auf der Kommode. Eine umherflatternde Motte warf einen monströsen Schatten gegen die Zimmerdecke.

Primo Castorini war zu früh, und Fernanda Ponderosa war noch nicht bereit. Sie lag noch in der Badewanne und war gerade dabei, einen riesigen Schwamm über ihrem Kopf auszudrücken. Aus ihrem Dutt hatten sich einige Strähnen gelöst, die anmutig bis in das schaumige

Wasser reichten. Sie hörte, wie die Hintertür geöffnet und geschlossen wurde. Sollte er ruhig kommen. Eine lange aufgestaute Spannung löste sich in ihrem Körper. Sie spürte, wie er im Haus umhertrampelte wie ein blinder Bär, sie hörte, wie er auf der Suche nach ihr gegen die Möbel stieß, wie er in allen Ecken nach ihr schnüffelte. Sie war ungeduldig, doch sie setzte ihr Baderitual fort, hob ein Bein nach dem anderen aus dem Wasser, um es einzuschäumen. Seine schweren Schritte waren jetzt auf der Treppe zu vernehmen. Er kam. Sie spürte, wie ein Schwall Wasser in sie eindrang.

Das flackernde Kerzenlicht führte ihn schließlich ins Badezimmer, dessen Tür gerade weit genug offenstand, daß er durch den Spalt lugen konnte. Breitschultrig stand er da, zögerte. Zwar tat sie, als sähe sie ihn nicht, doch sie wollte, daß er sie beobachtete.

Ganz genüßlich wartete sie, bis der Schwamm sich mit Wasser vollgesogen hatte, dann hob sie ihn über den Kopf und drückte ihn aus. Das Wasser lief in Kaskaden über ihr glänzendes Fleisch: über ihren Hals, ihre imposanten Brüste, die auf und ab wippten, mal im Schaum versanken, mal verführerisch herausschauten. Plätscherndes Wasser war das einzige, was auf der Welt zu existieren schien.

Beim Zusehen bekam Primo Castorini einen trockenen Mund. Er vergaß zu atmen. Er fühlte sich wie der ausgewrungene Schwamm. Sein Körper, nicht seine Hand, drückte die Tür auf. Sein Körper konnte es nicht länger aushalten, und das war gut so. Sein Geruch überlagerte den Duft des Badeöls und der kostbaren Essenzen, das schwere Aroma von Moschus, ein betörendes Duftgemisch aus Pheromonen, Verlangen und Lust. Er kniete sich neben die Badewanne. Er beugte sich über den Rand, fischte ihre Haarsträhnen aus dem Schaum und flocht sie in den Knoten auf ihrem Kopf. Das Wasser durchnäßte ihm die Manschetten, spritzte auf seine Brust und auf den Boden, machte ihm die Hose an den Knien naß, doch er nahm es nicht wahr. Fernanda Ponderosas Haarsträhnen widersetzten sich seinen Versuchen, sie zu zähmen, und rutschten zurück ins Badewasser.

Seine Raubtieraugen erkundeten ihren Körper, und seine Hände folgten ihrem Beispiel. Fernanda Ponderosas nasser Körper war das Sinnlichste, das er sich vorstellen konnte. Sie lehnte sich mit geschlossenen Augen zurück und gab sich seiner Berührung hin. Primo Castorini schwor sich, in Zukunft nichts anderes mehr anzufassen. Unter Wasser streichelte er sie, wo er sie erreichen konnte. Instinktiv wußte er, wie er sie am besten erregen konnte. Ihr Atem ging immer schwerer, und er hatte Mühe, sich zu beherrschen.

Donnerschläge erschütterten das Haus bis auf die Grundmauern. Blitze färbten den Himmel erst grün, dann gelb, dann rot. Das Gewitter war jetzt direkt über ihnen. Primo Castorini stand auf, und in dem bunten Licht, das das Badezimmer erfüllte, begegneten sich ihre Blicke. War das Poltern, das dann ertönte, ein weiterer Donner, oder kam es irgendwo aus dem Innern von Primo Castorini? Schwer zu sagen.

Mit einer Hand zerrte er sich die nassen Kleider vom Leib. Sie rissen wie Papier und fielen wie in einem Stück zu Boden. Sie wußten, daß es zwecklos war, sich zu widersetzen. Hemd, Hose, Unterhose, selbst die Socken und die Schuhe. Es gab keine Tätlichkeiten. Kein Herumhüpfen und Nesteln und Fluchen, keine Peinlichkeiten. Beim Anblick dessen, was sich ihr darbot, weiteten sich Fernanda Ponderosas Augen. Es war das einzige Mal, daß sie sich verriet. Sie spürte, wie sie aus dem Bad gehoben wurde wie Aphrodite aus dem Schaum. Das Wasser lief in Bächen von ihrem Körper auf den Boden.

Plötzlich ertönte ein Geräusch wie Artilleriefeuer, als Regentropfen, so groß wie Hühnereier, auf die Dachpfannen schlugen. Endlich kam der Regen. Und was für ein Regen.

Primo Castorini trug Fernanda Ponderosa aus dem Badezimmer ins Schlafzimmer.

Das Licht bewirkte, daß die sich windenden Körper von Fernanda Ponderosa und Primo Castorini wie ein gigantisches Schattenspiel durch das Schlafzimmerfenster gegen den in allen Farben schimmernden Himmel geworfen wurden.

Der Regen fiel in Strömen. Zischend traf das Wasser auf die ausgedörrte Erde und wurde auf der Stelle aufgesogen. Wer leichtsinnig genug war, sich draußen aufzuhalten, wurde so heftig von den Regentropfen getroffen, daß er blaue Flecken davontrug. Es war nicht der sanfte Regen, in dem die Leute hatten nackt herumtanzen wollen.

Die beiden Zombies, die das weiße Licht aus dem Schlaf gerissen hatte, befanden sich auf dem Heimweg. Der erste, der zu Haus eintraf, war mein Geliebter. Da er ohne Brille unterwegs war, grenzte es an ein Wunder, daß er den Weg gefunden hatte. Zwei Kilometer von seinem Haus entfernt war ihm das Benzin ausgegangen, so daß er gezwungen war, das Moped stehenzulassen und den Rest des Wegs zu Fuß zurückzulegen. Die dicken

Sentimenti italiani

Regentropfen trafen ihn schmerzhaft im Gesicht und bissen seinen Körper durch den dünnen Stoff seines Schlafanzugs, aber das kümmerte ihn nicht. Beseelt von dem Gedanken an Fernanda Ponderosa, marschierte er unbeirrt weiter. Die Eifersucht machte ihn fast wahnsinnig, sie war ihm auf den Fersen wie ein fetter Schatten und flüsterte ihm ihr Gift so laut in die Ohren, daß es das Donnergrollen des Gewitters übertönte. Der Schatten prophezeite, daß er noch in dieser Nacht einen Mord begehen würde, und Arcadio glaubte ihm.

Fidelio Castorini kam langsamer voran. Sein Körper hatte während der Zeit, die er in der Höhle im Koma gelegen hatte, ziemlich gelitten und ähnelte inzwischen dem eines alten Mannes. Die vom Regen aufgeweichten Bergpfade und Pässe waren gefährlich, und er stürzte immer wieder, wobei er sich schlimme Verletzungen zuzog.

Ohne Brille konnte Arcadio Carnabuci nichts klar erkennen, und der Regen erschwerte ihm die Sicht noch zusätzlich. Fast schien es ihm, als sei der Regen Teil der Verschwörung gegen ihn. Die alptraumhafte Nacht und das Gewitter wurden durch seine Sehbehinderung noch grauenhafter. Monströse Gestalten ragten aus den Schatten auf und jagten ihm fürchterliche Schrecken ein, nur um gleich darauf ebenso geheimnisvoll, wie sie aufgetaucht waren, wieder zu verschwinden. Irgendwann fand er das richtige Haus. Er hatte sich verwirren lassen, weil seine eigene Hütte nicht mehr an der Stelle stand, wo er sie verlassen hatte, aber nachdem er mehrmals im Kreis herumgelaufen war, gelangte er endlich zum Haus der Castorinis, das in tiefer Dunkelheit dastand, nur ab und zu von einzelnen Blitzen beleuchtet.

Als er auf das Haus zuwankte, riet ihm der böse Schatten, der auf seiner Schulter saß, sich zu bewaffnen. Ein Mörder braucht eine Waffe.

»Wenn der Schweinemetzger sich heute nacht blicken läßt, ist er ein toter Mann«, flüsterte die heisere Stimme.

Wie hypnotisiert nickte Arcadio und hob einen dicken Stein auf, über den er im Garten gestolpert war. Es war die Schildkröte Olga, die in einer Pfütze gehockt hatte, um Flüssigkeit aufzunehmen. Quiekend zog sie Kopf, Beine und Schwanz ein und betete für die Sicherheit ihrer armen Kinder.

Ein Blitz erhellte die Szene, diesmal mit der Farbe von gelbem Senfgras. In dem Bruchteil einer Sekunde, als das Gebäude von grellem Licht erleuchtet wurde, erkannte Fidelio Castorini die Hintertür seines Hauses. Er hatte es geschafft. Endlich war er heimgekehrt. In demselben Bruchteil einer Sekunde erspähten Arcadio Carnabucis Augen den Schweinemetzger, der sich Fernanda Ponderosas Haus von hinten näherte.

»Bingo!« rief die Stimme.

Arcadios schlimmste Befürchtungen bewahrheiteten sich. Er hatte recht gehabt, den schamlosen Verführer zu verdächtigen, als er im Krankenhaus gelegen hatte. Er konnte nur hoffen, daß die Sache noch nicht allzu weit gediehen war. Der Metzger mußte sterben. Dessen war Arcadio sich sicher. Wutentbrannt stürmte er los und schmetterte die Schildkröte auf Fidelios Schädel. Fidelio stieß einen schrecklichen Schrei aus. In diesem Schrei, verstärkt durch das Pandämonium der stürmischen Nacht, lag der diabolische Schmerz, den die plötzliche Erkenntnis seiner Zwangslage ihm bereitete.

Auch Arcadio Carnabuci versuchte zu schreien, doch er brachte keinen Ton heraus. Er hatte seine Stimme für immer verloren, der einzige bleibende Schaden von seiner Krankheit. Er würde nie wieder sprechen oder singen können. Der Schweinemetzger fiel rückwärts gegen Arcadio, woraufhin der erneut zu schreien versuchte. Vielleicht hatte er auch noch gar nicht aufgehört, es zu versuchen, wer weiß?

Wieder blitzte es, und diesmal blieb das Licht, ließ alles grün und gespenstisch erscheinen, und da bemerkte Arcadio seinen Irrtum. Das war gar nicht der Schweinemetzger. Von hinten glichen die Männer sich wie ein Ei dem anderen, aber von vorne sahen sie vollkommen unterschiedlich aus. Dieser Mann hatte einen buschigen Bart, der ihm bis zu den Knien reichte. Einen zotteligen Haarschopf. Auch der Schweinemetzger hatte ziemlich struppige Haare, aber im Vergleich dazu waren sie eher ordentlich. Und aus seinem Mund, aus dem ein dünnes Blutrinnsal floß, ragten riesige Fangzähne, die Arcadio Carnabuci zu Tode erschreckten.

In einer kurzen Pause zwischen der siebten und achten Runde ihres Liebesspiels hörten Fernanda Ponderosa und Primo Castorini den Schrei, der die Nacht zerriß. Primo Castorini war dafür, einfach weiterzumachen, aber Fernanda Ponderosa ahnte, daß sich eine Tragödie abspielte, und zog sich trotz seiner Proteste hastig an. Also sprang er ebenfalls aus dem Bett, riß den Schrank auf und streifte sich ein paar Kleider seines Bruders über, die dort immer noch hingen.

Es hatte ganz plötzlich aufgehört zu regnen, und die Luft war kühl und frisch. Der Donner hatte sich hinter die Berge verzogen, und der Himmel war so hell wie am Tag.

Genau im selben Augenblick, als ich, meine sich verzweifelt festklammernde Herrin auf dem Rücken, in den Garten galoppiert kam, erschienen die atemlosen Liebenden in der Hintertür. Gleich darauf kündigte lautes Sirenengeheul das Herannahen eines Mannschaftswagens voller Carabinieri und des von Irina Biancardi und Gianluigi Pupini gefahrenen Krankenwagens an.

Mein Liebster, der immer noch lautlos schrie, wirkte völlig verstört, vor allem, als ihm die unzweideutige Natur der Beziehung zwischen der Frau, die er als seine zukünftige Braut betrachtete, und dem kreuzlebendigen Schweinemetzger klar wurde.

»Fidelio«, brüllte Primo Castorini, als er seinen Bruder trotz dessen wölfischer Erscheinung erkannte, und warf sich neben dem leblosen Körper auf die Knie.

»Silvana«, murmelte Fidelio beim Anblick Fernanda Ponderosas. Dann fügte er hinzu: »Ich liebe dich«, und hauchte sein Leben aus.

Die Schildkröte Olga, die schwere innere Verletzungen davongetragen hatte, starb ebenfalls und hinterließ sieben Waisenkinder.

Auf einmal war der Garten voller Menschen. Offenbar funktionierte der Buschfunk bei uns noch besser als in anderen Gegenden, und unsere Leute reagierten schnell darauf. Einige waren in Schlafanzügen und Nachthemden herbeigeeilt, während die meisten wegen der Hitze fast gar nichts anhatten. Ein Mord bringt die Menschen einander näher, erst recht, wenn er sich vor der eigenen Haustür ereignet. Nie hatte es ein so tiefes Gefühl der

Sentimenti italiani

Zusammengehörigkeit unter den Leuten gegeben, die normalerweise allzuschnell bei der Hand waren, sich gegenseitig einen Dolch in den Rücken zu stoßen.

»Arcadio Carnabuci ein Mörder! Wer hätte das für möglich gehalten?«

»Ich hab doch schon immer gewußt, daß der nicht ganz dicht ist.«

»Wir können von Glück reden, daß es uns nicht erwischt hat, Nachbarn.«

»Gott sei Dank.«

Aufgeregt beobachteten die Leute, wie meinem Geliebten Handschellen angelegt wurden. Am liebsten wäre ich zu ihm gegangen, um ihn zu trösten, aber meine Herrin hatte mich mit einem Seil an einen Zaunpfahl angebunden. Obwohl mein Blick liebevoll auf Arcadio Carnabuci ruhte, hatte er nur Augen für Fernanda Ponderosa, die wiederum nur Augen für Primo Castorini hatte. Speranza Patti, die ein für eine Frau ihres Alters und ihrer Körperfülle viel zu freizügiges Nachthemd trug, warf meinem Liebsten schmachtende Blicke zu, und wäre ich nicht angebunden gewesen, hätte ich ihr meine langen Zähne in den Wanst geschlagen.

Während die Leiche von Fidelio Castorini, der von den Toten auferstanden war, um sogleich erneut zu sterben, in den Krankenwagen verfrachtet wurde, führten zwei junge Offiziere in engen, mit einem roten Seitenstreifen versehenen Hosen meinen Geliebten ab. Sie verfrachteten ihn auf den hintersten Sitz ihres Wagens, schlugen die Tür zu und verriegelten sie mit einem Vorhängeschloß. Durch die Gitterstäbe, mit denen das kleine Seitenfenster gesichert war, starrte er in die Welt hinaus und erblickte Speranza Patti, die mit den Lippen die Worte formte:

»Ich werde auf dich warten. Bis an mein Lebensende.«

Hätte ich mich doch nur von meinem Seil losreißen können.

In der ganzen Region hatte das verheerende Gewitter das natürliche Gleichgewicht wiederhergestellt. Die Sonne brannte nicht mehr, sie wärmte angenehm und hatte schon ihre Koffer gepackt für den Winterurlaub. Das Grollen im Erdinnern hatte aufgehört, und wir fürchteten kein Erdbeben mehr. Das Gras wurde wieder grün. Die Tiere erwachten aus ihrer Lethargie. Die Schafe warfen ihr blaues Fell ab, unter dem duftige, weiße Wolle zum Vorschein kam. Die Ziegen und Kühe begannen wieder Milch zu geben. Die Käser überall in der Gegend konnten wieder Käse herstellen. Die Maulwürfe fingen an zu graben, die Ratten zu nagen. Die Bienen summten, und die Vögel sangen. Bäche und Flüsse führten wieder Wasser. Der See hatte sich wieder gefüllt, so daß die Schwäne darauf schwimmen konnten. Gesprenkelte Forellen streckten ihre Gummilippen aus dem Wasser und schnappten nach den Fliegen, die wieder umherflogen.

Die Leute konnten sich wieder ihren normalen Alltagsgeschäften zuwenden. Alle außer Luigi Bordino.

Am Morgen nach dem Mord wurde er tot aufgefunden, und Susanna weigerte sich, ihrem Mann in die Augen zu sehen. Der Kopf der Leiche lag in einer Schüssel mit Rührteig, aus dem ein Pfirsichkuchen für Fernanda Ponderosa hatte werden sollen. Susanna behauptete steif und fest, der Bäcker sei vom Blitz erschlagen worden, aber Melchiore war sich da nicht so sicher. Fachleute waren bereits dabei, hochmoderne elektrische Öfen in der Backstube zu installieren, und ein neues Firmenschild war bereits in Auftrag gegeben. In großen, geschwungenen Lettern sollte der Name Susanna Bordino darauf prangen. Es war, als hätte Luigi Bordino nie existiert. Doch Susanna hatte den Mord unnötigerweise begangen.

Mit weißen Schleifen und roten Rosen geschmückt, zog ich den Wagen mit den frischvermählten Turteltauben Concetta und Amilcare Croce zu deren Haus in der Via Alfieri. Unterwegs kam ich an Sancio vorbei, dem Maulesel der Castorinis, der vor der Metzgerei angebunden war und gerade einen frischen grünen Farnwedel kaute. Er schaute mich mit seinen großen Augen an, und ich war ihm auf der Stelle verfallen. Eine Liebe, wie ich sie noch nie gekannt hatte, entbrannte in meinem Herzen. In diesem Augenblick der Offenbarung verstand ich die Welt. Ich hatte Arcadio Carnabuci nie geliebt. Es war alles ein schrecklicher Irrtum gewesen. Sancio war derjenige, den ich liebte, und in seinen Augen erkannte ich, daß meine Liebe erwidert wurde.

Als es mir gelang, den Blick von meiner neuen großen Liebe loszureißen, fiel mir auf, daß die Stadtbücherei geschlossen war. Speranza Patti war Arcadio Carnabuci in die Bezirkshauptstadt gefolgt, wo sie ihre Beziehungen zu den Behörden spielen ließ und auf höchster Ebene in seinem Namen vorstellig wurde. Sie war entschlossen, den Kampf für ihren Geliebten niemals aufzugeben, bis sie seine Entlassung aus dem *Carcere* erreicht hatte. Arcadio, der in seiner Zelle schmachtete, hatte längst seinen Fehler erkannt. Die Frau seiner Träume war nicht Fernanda Ponderosa, sondern Speranza Patti. Er hatte einfach die Namen verwechselt. Was für ein Trottel war er doch gewesen. Ein kompletter, ausgemachter Volltrottel.

An jenem Tag erschien Fernanda Ponderosa nicht zur Arbeit im *Porco Felice*. Noch bevor Primo Castorini die Rolläden hochgezogen und die Markise ausgefahren hatte, standen die Leute schon Schlange vor seinem Geschäft. Die Schweinefleischfabrik Pucillo war am Abend zuvor einem Blitzschlag zum Opfer gefallen, und jetzt, wo die Temperaturen gesunken waren, hatten alle einen Heißhunger auf Schinken. Primo Castorini arbeitete wie in Trance. Seine Gedanken waren bei Fernanda Ponderosa. Er hatte ein schlechtes Gewissen, weil er eigentlich um seinen toten Bruder trauern müßte, doch er sagte sich, daß er ihn ja schon einmal betrauert hatte. An seiner Haut nahm er immer noch Fernanda Ponderosas Duft wahr. Hin und wieder platzte irgendwo an ihm ein winziges Bläschen des Geruchs, den sie gemeinsam erzeugt hatten, und die entweichenden Schwaden stiegen ihm in die Nase. Dann ließ ihn die Erinnerung an die Ekstase jedesmal laut aufstöhnen, worauf die Leute, die auf ihre Schinken warteten, verständnisvoll nickten, sich gegenseitig zuzwinkerten und einander mit den Ellbogen anstießen. In Gedanken durchlebte er noch einmal jeden Augenblick der vergangenen Nacht, jeden einzelnen Orgasmus. Er konnte nicht aufhören, vor sich hin zu lächeln, und das wollte er auch nicht.

Doch dann begann die Angst an ihm zu nagen. Er konnte es nicht ertragen, ohne sie zu sein. Er hatte sich als erster in die Metzgerei begeben. Fernanda hätte eigentlich nachkommen sollen. Wo blieb sie nur? Panik beschlich ihn, ohne daß er sich den Grund hätte erklären können. Dann wußte er, daß es Liebe war. So etwas hatte er noch nie gefühlt. Am liebsten hätte er laut gesungen. Dann fing er an, dauernd auf seine Uhr zu schauen. Sie mußte jeden Augenblick eintreffen. Doch sie kam nicht.

Während er die Leute bediente, die seine Metzgerei in Scharen belagerten, wurde ihm plötzlich klar, daß er zu ihr gehen mußte, und zwar auf der Stelle. Wie dumm von ihm, daß er nicht früher darauf gekommen war. Er hatte bereits eine ganze Stunde ohne sie vergeudet. Diese Stunde war für immer verloren. Er platzte fast vor Wut über sich selbst. Er marschierte einfach los und überließ seine Kunden sich selbst. Die Leute schauten einander verwundert an, dann begannen sie, sich an Primo Castorinis Schinken zu bedienen. Schon bald waren die räuberischen Nellinos dabei, einen ganzen Lastwagen mit Schinken zu beladen.

Die fünf Minuten, die er bis zu Fernanda Ponderosas Haus brauchte, kamen ihm vor wie eine Ewigkeit. Er hatte Angst, ja. Alle Liebenden haben Angst. Das gehört dazu. Und er konnte es kaum erwarten, wieder bei ihr zu sein, sie in den Armen zu halten. In ihr zu versinken.

Ihren Duft einzuatmen, sie unaufhörlich zu küssen. Ihren Körper zu streicheln, in ihr zu ertrinken. Dann packte ihn wieder die Angst, noch schlimmer als zuvor. Fernanda war fort. Deswegen war sie nicht in der Metzgerei aufgetaucht. Sie hatte ihn verlassen, sie war verschwunden. Und er würde sie nie wiedersehen. Ein tiefer Graben des Entsetzens tat sich in seinem Innern auf. Wie sollte er das ertragen?

Im Laufschritt eilte er auf das alte Haus zu. Er sah den Umzugswagen, der hinter dem Haus stand. Männer waren dabei, Einhörner, Kronleuchter, Statuen, Standuhren, Bananenstauden, Eichentruhen und alle möglichen Dinge in den Wagen zu laden. Er sah das alles, doch er wollte es nicht glauben. Seine ausgehungerten Augen suchten nach ihr, während Panik ihm die Luft raubte. Sie war fort. Sie war tatsächlich fort.

Nein, sie war da, sie war immer noch da. Sie war nicht fort. Alles war in Ordnung. Alles würde gut werden. Sein Herz weitete sich so stark, daß ihm ein stechender Schmerz wie ein Pfeil durch die Brust fuhr.

An jenem Morgen hatte Fernanda Ponderosa sich endgültig von Silvana verabschiedet. Sie hatte gehofft, daß ihre Schwester zum Abschied ein letztes freundliches Wort für sie finden würde, doch auch diesmal hatte Silvana geschwiegen. Ohne Bitterkeit akzeptierte Fernanda, daß ihre Schwester von Anfang an recht gehabt hatte: Der Tod konnte nichts zwischen ihnen wiedergutmachen; er konnte überhaupt nichts ändern.

Jetzt stand sie gebückt unter dem Feigenbaum und glättete die Erde über dem Grab der Schildkröte. Der Schweinemetzger rannte zu ihr hin, hob sie auf die Arme und hielt sie eine Ewigkeit oder zumindest sehr, sehr lange, bis ein leichtes Zucken ihrer Muskeln ihn veranlaßte, sie widerstrebend abzusetzen.

Ihre Augen sagten ihm nichts. Aber der gesunde Teil in ihm kannte die Antworten, und er verabscheute diesen Teil, hätte ihn sich am liebsten aus dem Leib gerissen, ihn erdrosselt. Schon vor langer Zeit hatte sie gesagt, sie würde bleiben, bis Fidelio zurückkehrte. Fidelio war zurückgekommen. Und jetzt ging sie fort, das war alles. Sie streichelte seine Wange mit den Fingerspitzen und ging hinüber zum Umzugswagen, der bereits vollbeladen und abfahrbereit war. Er wußte, daß er nichts tun konnte, um sie zum Bleiben zu bewegen. Er würde alles tun, aber es reichte nicht.

»Wo fährst du hin?« Er wunderte sich über seine eigene Stimme. Sie klang wie immer. Beinahe.

Der Fahrer ließ den Motor an.

»Viele Fragen«, erwiderte sie mit einem angedeuteten Lächeln. Und er mußte zusehen, wie der Wagen anfuhr, auf die Straße einbog und davonfuhr.

»Nur eine«, brachte er mühsam heraus. Aber sie war schon fort.

»Lily Prior ist eine Meisterin, wenn es darum geht, Szenen zwischen Schlaf, Traum und Realität zu erfinden.« SWR

Lily Prior
LA NOTTE AZZURRA
oder
DIE STIMME
DER VERSUCHUNG
Roman
Aus dem Englischen von
Veronika Dünninger
240 Seiten
Gebunden in Buchleinen
mit Schutzumschlag
ISBN-10: 3-7857-1576-5
ISBN-13: 978-3-7857-1576-5

Wenn Papageien und Bauchredner plötzlich verschwinden, wenn anständige Frauen sich zu nächtlichen Abenteuern hinreißen lassen, wenn zahlreiche Leichen auftauchen, aber kein Mord in Sicht ist ... Dann kann nur eine mörderisch gute Phantasie im Spiel sein: Vorhang auf für das neue Meisterwerk von Lily Prior.

*»Lily Prior ist eine großartige Geschichtenerzählerin.
Sie versteht es, einzigartige Handlungen
und Charaktere zu entwickeln, wobei ihre größte Stärke
die stets perfekt gesetzten Pointen sind.«*
ENTERTAINMENT WEEKLY

editionLübbe

*»Üppig und überbordend erzählt.
Ein sinnliches Erlebnis.«*

MARIE CLAIRE

Lily Prior
LA CUCINA SICILIANA
ODER ROSAS ERWACHEN
BLT
256 Seiten
ISBN 3-404-92155-0

Wer sagt denn, dass eine Bibliothekarin nicht sinnlich sein kann?
Rosa Fiore bringt ihre Leidenschaft zum Kochen:
»Eine Liebeserklärung an Sizilien, das Essen, Familie, die Mafia,
Sex und Leidenschaft. So erfrischend wie und doch ganz anders
(schärfer und stärker) als *Bittersüße Schokolade* wird dieses Buch
das Herz des Lesers zum Pochen bringen: erotisch, sinnlich und
köstlich für Frauen und Männer.«

BOOKSELLER

BLT

Ein intelligentes und vielschichtiges Verwirrspiel – »Ganz eindeutig der Krimi des Jahres «

LIBERO

Michele Giuttari
DIE SIGNATUR
BLT
352 Seiten
ISBN-13: 978-3-404-92199-7
ISBN-10: 3-404-92199-2

Eine Serie blutrünstiger Morde sorgt für Aufruhr in Florenz und Umgebung. Bei all seinen Opfern hinterlässt der Mörder seine ganz persönliche Handschrift. Als Commissario Ferrara vom Morddezernat Florenz sich mit dem Fall befasst, erkennt er schnell, dass hier ein grausamer Rachefeldzug im Gang ist, bei dem kein Detail dem Zufall überlassen wurde. Dass er selbst sich ebenfalls in tödlicher Gefahr befindet, wird ihm jedoch erst klar, als auch er eine makabre Botschaft des Mörders erhält. Als Ferrara schließlich ahnt, mit wem er es zu tun hat, scheinen sich mit einem Mal alle Spuren zu verlieren …

*EIN MODERNER LITERARISCHER ROMAN
über einen Menschen im falschen Jahrhundert und
ein historischer Roman über Lorenzo di Medici
„il Magnifico", ein Roman über eine große Liebe und
ein Roman über die großen Fragen des Lebens.*

Daniela Casini
**Fiorenzas Augen
oder
Die Geheimnisse
des Medici**
Roman
ISBN 3-203-75952-7

Bei der Recherche für eine Sotheby's-Auktion stößt Lapo Sandro Filipepi, ein Nachfahre Botticellis, auf den älteren Venezianer Alvise Bellarmin, der nur in Rätseln zu sprechen scheint. In einem geheimnisvollen Haus entdeckt Lapo nach und nach Bücher, Schmuckstücke und Kunstwerke aus der Zeit der Medici. Und nach und nach enthüllt der Ältere ihm unglaubliche Geschehnisse in Florenz. Eingebettet in die heutige Handlung ist ein historischer Roman im 15. Jahrhundert. Er handelt vom Goldenen Zeitalter in Florenz und von Lorenzo di Medicis Liebe zu dem Waisenmädchen Fiorenza. Als Lapo erfährt, was das alles mit ihm zu tun hat, und als die letzte lebende Nachfahrin Fiorenzas in Florenz eintrifft, schließt sich der Kreis: Ein großer Plan findet seine Erfüllung, und Einst und Jetzt verschmelzen in einer neuen Liebe.